오렌지색 티

최윤 장편소설

오릭맨스티

최윤 장편소설

자음과모음

차례

1

한 여자가 방금 버스에서 내린다. 정류장 앞의 카페에서 여자의 복부를 자극하는 향기가 퍼져 나온다. 모든 커피 향은 그녀의 코로 스며들어 복부를 자극한다. 향기는 다 다르다. 그렇다고 복부가 받는 자극이 다 다를 정도로 여자가 민감한 것은 아니다. 여자는 모든 냄새를 복부로 식별하는 기형이거나 변태적 후각을 가지고 있는 사람도 아니다. 사실을 말하자면 여자의 복부를 자극하는 것은 그 향기와 함께 묻어오는 환상의 덩어리다. 카페 안의 간이역 인테리어, 둘이 혹은 여럿이 웃고 있는 사람들, 푹신한 의자, 멈춘 시간, 안락한 친밀감, 악의 없는 방심, 이 모두가 향내와 어우러져 여자를 자극한다. 사실 그렇다. 여자는 복부가 각별히 민감해진 때를 살아가는 평범한 사람 중의 하나다. 여자는 분명 복화술의 시대에 갑자기 나타난 후각 돌연변이종이 아니다.

카페에 들어가 얼마간 앉아 있을 수 있는 권리, 그와 유사한 소멸성의 무수한 쾌락을 위해 그녀는 하루 종일 깨알 같은 숫자를 맞추고 한두 숫자 때문에 야근을 해야 하는 경리 부서의 일을 참아내고 있다. 여자에게 착각은 없다. 그 일 외의 다른 일이 그녀를 기다리고 있지 않다는 것을 잘 알고 있다. 일테면 그냥 해보는 불평이다. 불평은 간과할 수 없는 미덕이기에 그녀도 불평을 잘하는 법을 습득한다. 어릴 때부터 여자는 말 잘한다는 소리를 들어왔다. 말로 지고는 못 산다. 여자는 말솜씨 덕분에 실제 그녀가 받아야 하는 대접보다 한결 나은 대접을 받는다. 그래도 바뀌는 것은 없다. 여하튼 여자는 늘 더 나은 기회를 엿보고 있다. 기회는 엿보는 것만으로는 충분하지 않다는 것도 잘 안다. 기회를 갈취하기 위해서, 거머쥐기 위해서 앞으로 튀어 나가야 하는데 그 힘이 그녀에게 부족하다. 여자에게는 보조 모터 같은 것이 필요하다. 그래서 여자는 결혼을 생각했고 오늘 이 거리를 걷고 있다.

여자는 정류장 앞의 카페를 지나쳐 간다. 상점들은 어느 때나 아무나 맞을 준비가 되어 있다. 카페와 상점의 문들을 지나쳐 여자는 찾는다. 이미 골목 여럿을 기웃거렸다. 여긴 가, 저기였나. 그래, 왼쪽이었다. 그녀는 왼쪽 골목으로 들어가기 위해 코너를 돈다.

상황은 그녀에게 우호적이지는 않다. 퇴근 시간 시내를 가로지르는 만원 버스에서 리넨 재킷은 구겨졌고, 스커트는 반쯤 돌아가 있다. 얼굴의 피부는 건조하며 눈에는 힘이 빠져 있고, 화장은 지워졌다. 시내 한복판 길의 인파가 여자를 운반한다. 게다가 벌써 이십 분이나 늦었다. 약속을 포기하고 되돌아가기 위해서는 의지가 필요하다. 여자에게는 그런 결연한 의지가 없다. 거의 매 순간 고르고 선택하고 비교하며 살아가느라 여자에게서 진정한 의지가 고갈됐다. 하물며 남자에 관해서야 말할 필요도 없다. 길을 거슬러 되돌아가느니 여기까지 온 김에 앞으로 나가는 것이 낫다. 여기까지 오는 것도 쉽지 않았다. 여자는 자신을 다독인다. 짜증을 지우고 미소를 지어보자. 착한 여자의 미소를. 여자의 인내심을 테스트하기 위해 여자 맘에 들지 않는 데이트 장소를 택한 남자까지도 이해할 줄 아는 아량이 넓은 여자. 이렇게 생각하자. 오늘은 운이 좋은 편이다. 직장에서 나와 이곳까지 오는 버스가 지난번보다 십 분이나 빨리 달려왔다. 저기 간판이 보인다. 방금 지나친 카페에서 마실 커피 한 잔 값이면 거의 두 잔을 마실 수 있는 골목 이층의 카페가 저기 보인다.

오늘은 여자가 남자를 세번째 만나는 날이다. 다시 한 번 세어본다. 아니다. 짧게 끝났던 지난번 만남까지 치면 네번째다. 약속 장소에 거의 다 다가가도 커피 냄새는 이층에서부터 그녀를 맞으러 굴러 내려오지 않는다. 알통이 나왔다 들어갔다 할 종아리를 상상하면서 그녀는 가방 쥔 손을 엉덩이쯤에 갖다 대고 가파른 나무 층계를 오른다. 다행히 그녀 뒤에서 올라오는 사람은 없다. 문을 열기 전에, 얼굴의 근육을 움직여 유연하게 미소를 지어보고 상의 앞자락을 쓰다듬어 정돈한다. 카페 안으로 들어간다.

남자가 보이지 않는다. 물론 남자들은 카페 안에 가득하다. '그' 남자가 보이지 않는 것이다. 퇴근 시간의 사람들로 웅성거리는 좁은 공간을 다시 한 번 훑어보지만, 그녀의 판단이 틀리지 않았다면, 그녀가 찾는 남자는 없다. 여자는 갑자기 자신이 없어진다. 이미 세 번이나 만난 남자를 카페에 앉아 있는 다른 남자들과 똑 부러지게 구분할 자신이 그녀에게는 없다. 그녀도 여러 번 확인한 일이었지만, 이렇게 한꺼번에 모아놓으면 남자들이란 대체로 다 비슷하다. 그건 카페 안의 여자들도 마찬가지다.

어떻건 눈을 동그랗게 뜨고 아무도 보지 않지만 쑥스러운 표정에 입술을 잘근 깨물며 수줍게 서 있는 여자에게 아무도 손을 들거나 그녀가 있는 곳으로 다가오는 사람이 없는 것으로 보아 그녀와 약속을 한 남자는 그곳에 없다고 보는 것이 옳다. 카페 종업원 빼고는 아무도 방금 문을 열고 들어선 그녀에게 시선을 주지 않는다. 솔직히 말하면 이곳에 있는 어느 남자나 그녀에게는 큰 상관이 없다. 이들 중의 거의 모든 사람과 하루 저녁 이런저런 얘기를 나누고 깔깔거리며 웃을 거리를 찾아내고 저녁을 같이 먹거나 혹은 영화 한 편 같이 볼 수도 있다. 비슷한 여자들 틈에 자리를 잡고 앉아 여자는 비슷한 남자들 중의 한 남자를 기다린다.

이미 약속 시간에서 반 시간이나 지나가고 있지만 다시 나갈 수는 없다. 당장에 뒤돌아 나갈 기회, 남자와의 몇 번의 만남에 종지부를 찍을 기회는 매 순간 오지만 결정을 해야 하나 망설이는 사이 순간은 지나간다. 그 정도의 시간이 지났음에도 나타나지 않는 남자에게 자존심을 내세워 몸을 뒤돌려 나가지 않는 자신에 놀랄 것도 없다. 이래도 저래도 상관없다. 여자는 신중하지는 않지만 수수한 여자다. 어떤 면으로 따져보아도 그녀가 건방을 떨 거리는 많지 않다. 그렇다고 남이 구둣발로 확 밟는데도 꿈틀하지 않는 기질은 또 아니다.

약속 시간이 한참 지났는데도 모습도 연락도 없는 남자를 그녀가 기다리기로 작정한다면 그건 그녀 자신도 어렴풋이 알고 있는 이런 특성들의 결합에 의해서다. 그녀 자신이 약속 시간에 늦었다. 어쩌면 이런 상황을 미리 예상하고 그녀는 늦게 사무실을 나왔는지도 모른다. 남자와 여자의 상대방에 대한 생각은 바로 이런 것이다. 큰 기대 하지 않고 약속을 잡으며, 의심과 무심 사이에서 결정이 유보되며 한 번, 두 번 만남이 누적되는 사이.

그래도 여자에게는 정열이라는 것이 있다. 아직은 대상을 찾지 못했지만 그녀에게는 잠재된 집요함도 있다. 어쩌면 그 대상이 이 남자일지도 모르기 때문에, 늘 무언가를 확신하는 일이 어렵기 때문에 자신에게 기회를 주어보는 것이다, 그래서 기다린다. 수줍고 죄송한 표정을 짓고 앉아 있다. 여자를 구성하고 있는 한 조각은 늘 수줍고 죄송하다. 꼭 사람에 대해서라기보다는 그녀 자신에 대해서, 그녀 자신에 대해서라기보다는 그녀 속 저 깊은 곳에 있는 무언가에 대해서, 그녀가 모르는 그 무언가에 대해서.

계산이 맞지 않아 골치를 썩였던 하루의 근무, 퇴근 시간 버스 안의 격투를 치르며 겨우 유지되는 육체의 균형, 이름 없는 이 카페까지 걸어오는 동안의 굽 높은 구두의 시련……

그녀는 카페의 한가운데 자리에 등을 기대고, 마침내 커피 한 잔을 시켜놓고 의자 깊숙이 등을 기대고 꼿꼿이 앉는 자세를 취한다. 웅성웅성하는 실내의 소음이 아스라이 멀어질 즈음 여자의 눈은 감겨지고, 여자는 존다. 입을 살짝 벌리고 고개를 꼿꼿이 한 채로. 오랜 훈련으로 익힌 절제된 그녀의 조는 자세다. 그래도 평화가 있다. 방치되어 열려 있는 그 입술에, 잠시 이완된 그녀의 살갗에.

남자는 파란색이 자신에게 잘 어울리는 것을 알고 있다. 파란색뿐인가. 초록색도 검은색도 대체로 잘 어울린다. 그는 조깅복이나 잠옷을 입고 하루 종일 방 안에서 뒹구는 것을 좋아하는 편이지만 고향에 갈 때는 출근할 때처럼 늘 이런 정장 차림이다. 남자의 연로한(이것은 모친 자신의 표현이다), 그러나 중년 풍모의 모친은 아들이 출근하는 정장 차림새로 귀향하는 것을 좋아하기 때문이다. 홀어머니의 외동아들이다. 이 대 독자이기도 하다. 홀어머니는 성공한 아들, 대기업은 아니지만 중소기업 중에서는 알아주는 자동차부품 제조회사의 영업부 차장으로 곧 승진될지도 모르는 아들이 자랑스럽다. 아들의 뼈가 언제 굵어져 저렇게 떡 벌어진 어깨에 번듯한 미남으로 장성했는지 볼수록 신기하기만 해서 기회가 될 때마다 아들을 불러 내린다. 치통, 류머티즘, 두통, 소화불량같이 증세가 모호하고 또 아들이 크게 걱정하지 않을 병들을 고안해 아들의 주말을 갉아먹는다. 모친은 그래 봐야 오십 대 중반일 뿐이다. 모친이 과장한다는 것을 알고 있지만 남자는 한편으로는 집안의 평화를 위해서, 다른 한편으로는 주말이면 텅 비는 자신의 원룸을 피해 서너 시간의 버스 길을 마다하지 않는다. 그는 불화보다는 평화를, 갈등보다는 지루함을 선호하는 평범한 남자에 속한다. 게다가 주말 외출은 비용이 든다. 남자가 기거하는 곳은 자취가 가능한 쾌적한 원룸이다. 대부분 사무실로 임대한 주상복합건물의 칠층에 있으며 아무도 남자를 방해하지 않는다. 그곳에 산 지 이 년이 넘었지만 같은 층 이웃과 서너 번 마주쳤을 뿐이다. 그렇다고 그곳이 천국은 아니다. 가끔 떠나주는 것이 좋다. 한 달에 두 번 정도 고향에 들르는 것은 사회적으로도 긍정적인 일이다. 돌아오는 길에 모친이 여행 가방 속에 꼼꼼하게 챙겨 넣은 반찬과 간식도 금요일 저녁마다 망설여지는 여행길을 결단케 하는 요인 중의 하나다. 그렇지만 남자는 이 왕복운동이 언젠가는 끝나야 한다는 것을 알고 있다. 매번 유사하게 반복되는 그의 생활에 변화를 주기 위해서라도 무언가를 해야 한다. 그래서 남자는 주변에서 여자를 소개해준다고 할 때 거부하지 않는다. 남자는 소개해준 사람과의 사이가 나빠지지 않고 소개받은 여자와 적당한 때 관계를 끊는 방법을 익히고 있다. 오늘 만나는 여자는 그가 이런 식으로 만난 스물 대여섯번째쯤 되는 여자다.

남자는 근무를 마치고 곧바로 사무실을 뛰쳐나가지 않았다. 남자에게는 새로운 여자를 만나는 흥분이 없다. 그에게는 여자에 대한 환상이 없다. 실제의 여자가 그에게 주는 환상보다 그즈음 대량으로 쏟아져 나오는 영상물 속의 여자가 주는 환상이 더 강하고 더 진하다는 것을 잘 알고 있는 남자다. 동료들이 퇴근하고 난 사무실에서, 남자는 뒤쪽에 있는 거울 앞에 잠시 멈추어 선다. 새로운 사람을 만날 때마다 남자를 불편하게 하는 무언가를 떨쳐버리려면 거울 앞에 서는 것이 효과적이다.

거울 속의 남자는 남자의 마음에 썩 든다. 거울 안에 홀로 있는 남자의 모습은 남자의 눈에 확 띌 정도로 멋지다. 비교하지 않는 거울, 자신만이 홀로 있는 거울. 그렇지만 입술 주위에 잔주름을 만든 만족의 미소는 서서히 페이드아웃하고, 넥타이를 마지막으로 매만지는 남자의 얼굴에 미약한 걱정의 그림자가 드리운다. 걱정보다는 불안이고 불안의 진원지는 의심이다. 무언가를 시작할 때면 그를 사로잡는 의심. 모든 일이 틀어질 것 같은 불안 섞인 의심. 그는 그 관습적인 의심이 다가오는 길을 차단하기 위한 것처럼 거울에 등을 돌린다. 거울 속의 남자를 떠난다.

남자는 직장에서 천천히 걸어 이 분이면 닿을 수 있는 카페를 향한다. 남자는 약속 시간에 맞춰 남자가 지정한 카페에 도착했다. 첫날 소개받을 때는 호텔의 커피숍에서 남자와 여자가 만났다. 소개한 사람의 장소 선택이 마음에 들지 않아도 남자는 왈가왈부하지 않는다. 두번째는 깔끔한 외양에 양체처럼 소량의 음식과 차를 동시에 주문할 수 있는 시내의 퓨전 음식점에서 만났다. 여자의 선택이었다. 지난 세번째와 이번 네번째 만남의 장소는 남자가 정했다. 세번째는 만나자마자 회사의 비상을 핑계로 여자를 되돌려 보냈다. 그리고 오늘 네번째도 확신이 없다. 만날지, 만나서 되돌려 보낼지, 안 만날지, 결정하지 못한다. 남자는 직장에서 멀지 않은 카페, 그러나 직장 동료들이 선호하지 않는 카페 '요리조리'를 제안했다. 가격이나 거리나 분위기 어느 면에서도 여자가 좋아하기 어려운 장소지만 남자가 대담하게 제안해봤고, 여자는 흔쾌히 그러자고 했다.

카페에 자리 잡고 앉아, 주문을 뒤로 미루고 앉아, 약속 시간에서 십팔 분이 지나는 것을 확인하고 그는 일어선다. 이번에는 좀더 구체적인 의심이 기체처럼 스며든다. 이 여자를 왜 만나야 하는지 스스로를 설득할 수 없다. 얼굴도 잘 기억나지 않는 여자와 마주 앉아 웃음을 지어내고 자신에 대해 하고 싶지 않은 이야기를 꾸며내고 아무리 집중하려고 애써도 딴 생각을 하게 되는 여자들의 신상 이야기를 듣는 일, 너무 많이 해서 이제는 환하게 끝이 짚어지는 그 뻔한 과정에 갑자기 신물이 난다. 남자는 벌써 여자를 세련되게 따돌릴 전략을 머릿속으로 굴린다. 이 여자가 고분고분 자신의 요구에 응하는 진정한 뜻을 남자는 의심한다. 그는 의심을 존중한다. 의심은 그에게는 관성이다. 그는 의심한다, 고로 존재한다. 남자는 일찍이 남편을 잃은 편모에게서 이것을 물려받았다. 덕분에 지금까지 조심스럽게 생존을 위한 살얼음판을 잘 걸어왔다. 일단 의심하되 드러내지는 않는 것, 이것이 그의 생활 철학이다. 그는 현실의 것을 의심하는 그 자신을 의심한다. 그는 진정 살아 있는 사람인가. S기업의 영업부 사원인 그의 신원은 명함에 적힌 그대로인가. 그가 웃을 때 그는 실제 웃고 있는가.

남자의 엉덩이는 저절로 들려졌고 황급히 카페를 떠난다. 그는 멀리 가지 않는다. 다만 머리를 식히기 위해 잠시 걷는다. 옆 건물의 지하상가로 들어가 한 바퀴 둘러본 후, 긴급한

요의를 느끼고 화장실로 걸어 들어간다. 그는 돌아서 다시 한 번 거울 앞에 선다. 그는 거울을 좋아하는 남자다. 그는, 자신의 눈동자와 처진 입꼬리와 이마 사이의 수직으로 난 깊은 주름살을 클로즈업해서 들여다본다. 그러다가는 약간 뒤로 물러나 난생처음 본 사람을 쳐다보듯, 무관심하게 물끄러미 자신을 직시하고 있는 남자를 오랫동안 바라본다. 걱정할 건 없다. 이건 그저 여행을 떠나기 전이면, 잠시 흥분된 기분을 뒤죽박죽으로 만드는 그저 그런 종류의 경미한 불안, 주저함에 가까운 불안에 불과하다. 남자는 지금 당장 돌아서 자신의 원룸으로 되돌아갈 수 있다. 여자와 시간을 보내는 대신, 집으로 돌아가 냉정한 동료처럼 쌉싸래한 캔 맥주를 따놓고 빈둥거리며 누워서 시사 잡지나 포르노 만화를 뒤적일 수도 있다. 그러나 남자는 여자를 만나러 갈 것이다. 돈도 들고 때로는 뒤처리 감당이 힘들 수도 있지만 이 저녁 여자와 시간을 보내는 것이 맥주 캔이나 만화와 시간을 보내는 것보다 낫다.

남자는 마음을 결정했다. 남자는 왼쪽 눈을 옆으로 늘려 자신에게 미소를 지어본다. 남자는 확실히 잘생겼다. 혼자 보기 아까운 이 모습을 여자에게 한 번 보여주고 떠난다 해도 손해 볼 것은 없다. 됐다. 남자가 여자를 만나는 상식적인 문법들, 남자가 여자를 정복하는 기술들. 공짜로 습득되며 쉽게 변하지 않는 문법을 지루하게 떠올리며 거울에서 물러난다. 남자의 얼굴로 가득 차 있던 거울에 그의 좁은 어깨가, 이어서 약간 왼쪽으로 기울어진 상반신이 드러났다. 남자는 남자에게서 멀어지고 이어, 등을 돌린다. 그래, 약속은 약속이다. 남자는 뭐, 여자들에 대해 알 만큼 안다. 이런 약속들을 잘 지켜야 독신으로 늙어 죽는 일이 없다.

남자는 카페로 되돌아간다. 남자는 방금 십 분간의 수면에서 막 깨어난 여자에게 다가와 여자의 마음에 드는 미소를 띠며 여자 앞쪽의 의자에 앉는다.

2

그래서 여기 남자와 여자가 또다시 같이 앉아 있다. 남자의 맞은편이나 혹은 옆쪽에 여자가 있다. 앉아 있거나 서 있다. 아직 이들은 수직 자세를 유지하고 있다. 아직 그 옆이나 맞은편이나 위나 아래에 누워 있지는 않다. 이들은 만났고 여름이 되었다. 초여름, 여름! 누가 이 계절을 여름이라고 지었나. 모든 게 다 열리는 계절. 그래서 여름. 맘만 먹으면 모든게 다 될 것 같은, 뭉친 것이 풀릴 듯한 착각의 시간. 여자는여름을 좋아한다. 어깨선이 예쁘다는 말을 자주 들어온 여자의 어깨가 드러나 빛을 발할 수 있는 계절이다. 음영이 선명하며 사진이 가장 잘 받는 계절, 의복이 감추는 부분과 드러 낸 몸이 일대일의 비율을 누릴 수 있는 유일한 계절은 여자 의 욕망이 가장 강해지는 때이기도 하다. 한 번도 가본 적이 없지만 야자수, 파도 이는 빈 바다, 파라솔 의자에 누워 있는 단단한 근육의 이완을 즐기는 살들, 광활한 바닷물에 S곡선 의 몸을 담그는 광고 속 여자가 될 수 있을 것 같은 근거 없는 흥분.

여자의 작은 방이 심장의 박동으로 테크노 리듬을 탄다. 여자는 박력 있게 방문을 열어젖힌다. 흰색 칠을 한 뒷담이 보이는 방. 여자는 두 팔을 벌려 눈을 감고, 머릿속에 펼쳐진 것들을 넓게, 더 넓게 거머잡는다. 깔끔하게 차려입고 어디론 가 외출하는 담 밖의 남자를. 대형 할인마트에서 본 수영복 세트, 흘낏 훔쳐본 은행 금고 속의 돈다발, 텔레비전 드라마 에서만 일어나는 기적적인 행운들, 행운의 만남들……, 아직 이름도 붙여지지 않은, 아직은 이름을 모르는 욕망의 환상적 내용들을 모두, 몽땅. 체조를 하듯이 그녀는 동작으로 그러모 은다. 대체 사람은, 대체 그녀는 어디서, 어떻게 이 많은 것을 욕망하는 것을 배웠을까.

여자는 여름의 무더위가 싫지 않다. 여자는 여름 여자다. 짧은 티에 짧은 팬츠, 소매 없는 서지 원피스, 앞이 넓고 깊게

파진 드레스. 여자는 자신의 살을 손으로 쓸어본다. 희지는 않지만 부드럽다. 매끈하지는 않지만 탄탄하다. 자신의 몸에서 번쩍번쩍 빛이 나는 것 같다. 최소한 여름에는. 이십 대가 가기 전까지는 담대하게 엉덩이까지 내려가는 청바지를 입어도 좋다. 배꼽이 확실히 드러나는 티를 입어도 괜찮다. 눈 크고 키 크고 가슴 큰 외국 잡지 모델들처럼. 비록 자신의 눈은 쌍꺼풀 없는 반달형이며 종아리는 굵고 키가 "그다지 크다고는 할 수 없지만". 확실히 작은 키를 이렇게 말하는 그녀 모친의 표현을 그녀는 좋아한다.

남자는 역시 가을형이다. 많은 남자들이 그렇듯이. 가을이 뜨뜻미지근한 그의 성향에 어울린다. 춥지도 덥지도 않은 음식을 좋아하듯이. 그렇지만 겨울이면 어떻고 여름이면 어떤가. 견뎌내지 못할 계절은 없다. 남자는 그런 것에 그다지 신경 쓰지 않는다. 겨울에 수박을 먹듯이, 여름에 감귤을 먹듯이, 언젠가, 아주 가까운 미래에 계절을 아무 때나 불러올 수 있는 때가 올 것이다. 그는 모든 변이에 흥미를 느낀다. 변종, 변덕, 변장, 변신, 변절, 변태. 변형되고 변질된 것들은 대체로 새롭다. 새로운 것은 남자에게는 가치 있는 것이다. 그렇지만 남자는 자신의 성향을 드러내기를 꺼린다. 그것이 가져올 부정적인 결과를 남자는 우려한다. 자신을 변종 혹은 변태라 부른다거나, 변덕스런 변절자로 취급한다거나.

　남자의 일반적인 무표정은 부드러운 느낌을 준다. 실제로 그는 모든 사람들에게 열려 있다. 그를 놀라게 하는 사람은 드물다. 그는 괴벽이 있는 동료를 이해한다. 까닭 없이 화를 내는 상사의 분노의 원인을 주변에 설명해줄 수 있다. 그것이 사실에 근거한 것이든 아니든. 누군가 부당하게 남자의 따귀를 갈겼다 치자. 그는 다음 날 따귀를 친 사람과 아무렇지도 않게 점심을 먹을 수 있다. 남자는 그런 사람이다. 남의 삶에 개입하지 않는다. 그는 남도 자기 삶에 너무 깊이 개입하는 것을 원하지 않는다. 그래서 그는 주변 사람들과 사이가 좋다. 그는 '사회적'이라는 평가를 받는다. 시시하고 상식적인 것으로는 남자를 놀라게 할 수 없기에 남자는 세상에서 일어나는 대체적인 일에 대해 무덤덤하다. 남자가 양보할 수 없는 것들이 아주 없다고 할 수는 없다. 그는 쾌락을 중요시한다. 지극히 물질적이고 즉자적이며 육체적인 자극에 남자는 민감하다. 고통을 (좋아하는 사람이 있을까마는) 싫어하는 그는 아마도 육체적인 두려움 때문에 평화주의자가 될 수 있는 사람이다. 그렇다고 반전운동에 참여하는 정도의 평화주의자는 절대로 될 수 없다. 고통이나 쾌락만큼 구체적인 현실은 없다. 남자가 고통 대신 쾌락 편으로 기운다고 비판할 사람은 아무도 없다. 그렇다. 남자는 뜨뜻미지근하다. 인생의 열탕과 온탕을 번갈아 들락거리다 보니 어느새 그렇게 되어버렸다.

여름과 가을이 만나 봄이 될 수도 있었다. 그러나 가을과 여름이 만나 겨울이 되었다. 이것이 이 남자와 여자의 이야기다.

늦겨울과 초봄 사이의 세번째 만남 이후 다섯 번 여섯 번…… 열 번, 열한 번 남자와 여자의 만남은 누적돼간다. 식당과 영화관에서 놀이동산과 식당과 영화관과 비디오방, 러브호텔과 야구장, 혹은 야구장과 러브호텔, 식당과 카페와 축구장에서 그들이 만나는 사이 여름이 되었다. 88올림픽이 끝난 지 여러 계절이 지났는데도 그들이 가는 곳마다 스포츠의 열정은 끓어넘친다. 반면에 만나는 내내 남자는 말없이 뜨뜻미지근했다. 그와 반비례로, 여자는 격정적이며 변덕스러웠다. 거리를 손을 잡고 걸으며 서로의 팔을 얽어매고 영화를 보며 어두운 거리 모퉁이나 산책길 돌담에 기대었을 때 두 사람의 혀가 복잡하게 얽혔으며, 장급 호텔이나 남자의 원룸에서 그들은 몸이 한 덩어리가 되는 연습을 한다.

열한 번 만나는 사이 남자가 여자를 더 깊이 알았거나 여자가 남자를 더 잘 파악했다고 할 수 없지만 그들의 삶의 드러나는 부분에 대해서는 확실히 점점 더 구체적으로, 잘 알게 되었다. 성격이나 입맛이나 고유한 습관이나 말버릇, 드러나는 모든 취향과 육체의 장점과 약점 같은 중요한 정보들이 각자의 머릿속에 입력되어 쌓이기 시작하면서 그들의 만남은 편안해지기 시작했고, 그것은 하나의 감정이 되었다. 그들이 각자 따로 있을 때는 드러나지 않았던 특성들이 그들이 둘이 있을 때 드러났고 그들이 각자 따로 있을 때 미미하던 욕망은 그들이 둘이 되었을 때는 단순히 덧셈에 의한 배가가 아니라, 모든 수학 공식을 뛰어넘어 카오스적으로 증폭되었다. 그런 발견은 그들 각자에게 아주 신선한 것이었다.

이들의 대화는 거의 현재 시제로 이루어진다. 남자도 여자도 스물아홉 해와 스물여섯 해를 뒤돌아보고 싶은 생각이 없다. 그것은 꼭 산책 중에 몰려오는 먹구름처럼 만나고 싶지 않은 것이다. 먹구름 앞에서 그렇듯이, 대화가 과거 언저리로 옮겨 갈라치면 그들은 빨리 비 피할 곳을 찾아 장소를 옮기는 식이다. 물론 남자를 소개해준 직장의 동료로부터 여자는 남자의 과거에 대해, 남자는 여자의 과거에 대해 알아야 하는 기본적인 사항을 전해 들었다. 남자와 여자의 법적 미혼 상태, 호적상의 각자의 나이, 주소, 이름과 가족 사항, 대강의 학력과 직장에서의 지위 같은 필요한 정보들. 설령 그들의 과거가 자랑할 만한 것이었다 해도 몇 번 반복하면 동나버리는 한정된 레퍼토리에 불과하다. 그들이 젊기 때문이고, 그들의 성장기는 드러내야 하는 것보다는 숨겨야 하는 것이 더 많았던 암울한 시간 속에 지나갔기 때문이다.

빛나지 않은 과거를 공유한 남자와 여자에게 과거 시제는 대체로 터부에 속했다. 그런가 하면 반복적인 현재는 곧 고갈되었기에 그들은 미래에 대해 말하기 시작했다. 이때 어디서 볼까, 저녁에 뭐 할까, 뭐 먹을까, 내일은 뭐 해 등등 꽤 확실한 의문형의 근접 미래가 대부분이었지만 때때로 제법 먼 불확실한 미래가 대화에 끼어들기도 했다. 일례로 황사가 유난히 심했던 날 오후 남자는 여자에게 전화를 걸었다. 드물기 짝이 없는 남자의 유머는 늘 어두웠다.

"너 거기서 창밖 보이지? 지구가 곧 끝장날 것 같지 않니? 오늘 저녁에는 꼭 만나자. 죽어도 같이 죽어야지."

이들이 열한번째 만났을 때, 불확실한 미래에 속하는 결혼에 대해 남자가 여자에게 말을 꺼냈다. 이들의 만남이 불확실한 미래에 결혼까지 간다면 그것은 종말적인 황사 덕분이거나, 때문이다. 남자의 홀어머니의 노심초사도 물론 한몫을 했다. 일찍 혼자가 된 이 오십 대 중반의 깨끗한 피부에 체력이 넘치는 젊은 노인에게 아들은 서울에서의 생활을 미주알고주알 보고하는 습관이 있었다. 특히 여자 문제는 모친의 초미의 관심사였기 때문에 남자는 여자를 담은 몇 컷의 사진을 모친에게 보여주는 배려를 잊지 않는다. 매번 홀어머니는 자세히 듣지도 않고   무조건 아들을 부추기는 타입이다. 노인이 아들에게 물려준 관습적인 불안은 그것에서 도망치고자 때로 무조건적인 낙관주의로 흐르는 경향이 있다. 삼십을 넘어 혼자 있는 아들을 보는 것은, 몇 년이 지나면 육십인데 며느리 없는 홀어머니로 주변의 눈치를 보며 사는 것은 생각만 해도 자존심 상하는 일이다. 격주간으로 자신이 혼자 사는 지방 도시로 아들을 불러 내리던 남자의 모친은 그것마저, 본 적도 없는 여자에게 양보한다. 아들에게는 시간이 많지 않다. 모친은 여자를 자주 보라고 독려하며 이번 여자와는 기필코 골인할 것이라고 예언한다. 이들 모자에게는 친척들에게 따돌림당하는 긴 시간을 함께 겪은 데서 생긴 배타적인 친밀감이 있다. 이것이 이 작은 집안의 가풍이자 고유한 문화다. 아들은 모친에게만은 숨길 것이 없다. 만약 알려진다면 골치 아픈 결과를 낳을 수 있는 아들의 비행에서부터 여러 번에 걸친 아들의 여자관계의 상세한 내막까지 모친이 모르고 넘어가는 것은 거의 없다. 멀리 사는 모친에게 아들의 일상사는 앞을 예측할 수도 없고, 다 이해할 수도 없는 난해한 주말 드라마 같은 것이다. 아들에게 모친은 스스로를 검열하거나 날카로운 성질을 다스리지 않고, 자기 안에 깊숙이 들어 있는 세상에 대한 모든 악감정을 뱉어낼 수 있는 편리한 쓰레기통 같은 것이다. 모친에게 전화를 할 때, 혹은 지방에 내려가 저녁나절 텔레비전 뉴스를 건성으로 들으며 아들은 일주일 동안, 혹은 그보다 훨씬 오래전부터 쌓여 화석화된 노폐물들을 잘게 깨서 적절하게 고른 악의 찬 단어들로 내뱉는다. 남자가 수다스러워지는 것은 이런 때다. 젊은 중년일 뿐인, 그러나 빨리 노인이 되고 싶은 남자의 모친은 깔끔한 한복을 입고 앉아 과일이나 손톱을 깎으며 아들이 내뱉은 노폐물들을 치마폭에 쓸어 담는다. 그런 모친이 남자에게 이 여자를 잡으라 한다.

여자에게는 부모가 다 생존해 있다. 여자 부모의 생각은 조금 다르다. 여자의 부모는 딸에게 무언가 일어나고 있는 걸 알아차린다. 가끔 전화하는 목소리가 들떠 있고, 집에 들르기로 한 날짜를 두 번이나 예고 없이 건너뛰었다. 때때로 딸의 전화는 며칠간 불통이기도 하다. 세상에서는 무서운 일들이 일어났지만, 가령 자식이 납치되어 죽는다든지, 대낮에 여자가 흔적도 없이 실종된다든지, 아이가 폭행을 당하고 야산에 묻힌다든지 하는 사건들은 텔레비전에서나 나오는 사건이었기에 그들은 신경 쓰지 않는다. 딸은 부모가 사는 곳에서 그리 멀리 떨어져 사는 것도 아니다. 기껏해야 버스로 한 시간 남짓한 거리. 차를 타면 거리는 더 가까워진다. 아직 지하철은 없다. 등산객이 몰려드는 주말만 바라보는 산 밑의 간이 분식집은 성장한 딸애의 도움을 필요로 한다. 물론 그들에게는 아들도 며느리도 있다. 그러나 아들은…… 그 언저리만 가도 심장마비 증상이 일어날 것만 같은, 절대 생각해서는 안 되는 주제다. 여자의 부모가 그들의 양가 부모에게 저지른 몹쓸 일, 결혼을 반대했던 부모 몰래 야반도주한 이력을 아들은 더 한층 과감하게 모방했다. 아들은 부모 몰래 부모 명의의 땅을 팔아 대금을 챙겼고, 부모 몰래 결혼 절차를 마쳤으며, 부모 몰래 어느 날 당당히 비행기를 타고 해외로 도주했다. 절연한 가족의 전면적인 방해로 부모가 일생을 고달프고 가난하게 산 것을 잘 아는 아들의 도주는 용의주도하게 준비되었다. 아들 부부와의 관계는 그것으로 끝났다. 아들이 도피해 있는 곳이 필리핀이라는 것도 후에 남을 통해서 알게 됐다. 부모는 그 흔한 필리핀 여행 한번 하지 못한 채로 아들과 손자, 손녀를 포기했다. 창피해 솔직히 말하기도 뭣하지만 부부는 사돈이 누군지도 알지 못한다. 설령 그 모든 일들이 일어나지 않았어도 아들 내외가 분식집에서 음식을 나르는 것을 상상하기 어렵다. 여자의 모친은 상상하지 않는다. 상상할 필요도 없다. 아들은 이미 죽은 거나 마찬가지다. 정말 죽었는지도 모른다.

어떻건 분식집의 손님들은 늙은 분식집 주인 남자가 날라주는 떡라면보다는 퉁명스럽더라도 젊은 여자가 날라주는 음식을 더 반긴다. 확실히 그렇다. 물론 부모는 딸의 결혼을 기대한다. 그들의 아들이 그랬던 것처럼 딸이 모험적이지는 않은 것 같다. 그러나 모르는 일이다. 딸과 연락이 두절될 때 모친은 자신이 고향에서 남편과 도망치던 날 밤의 뛰던 가슴을 생각한다. 야반도주가 집안 내력이 될까 봐 두렵다. 언젠가 딸은 결혼할 것이다. 그때도 딸은 규칙적으로 그들을 도우러 주말이면 분식집으로 올 것이다. 여자의 부모는 자신들의 처지를 잘 안다. 그리 무리하게 욕심내지 않는다. 자제한다. 순종한다. 그들의 처지와 주어진 상황에.

그렇지만 그들의 딸을 보라. 욕심내지 않기가 어디 쉬운가. 어렵게 공부를 마치자마자 일자리를 버젓이 찾은 그녀의 딸을 어떻게 자랑하지 않을 수 있겠는가. 미녀라고는 할 수 없지만 딸에게는 분명 매력이 있다. 덧니를 드러내고 웃으면 지루하고 어두운 저녁나절 전등이 하나 더 켜지듯 주변이 환해진다. 웃는 얼굴만 예쁜 게 아니다. 키는 작지만 몸매도 쓸

만하다. 허리가 잘록하고 두 다리는 잘 빠졌다. 머릿속으로 무슨 생각을 하고 있는지가 도대체 잡히지 않는 것만 빼면 그들의 딸은 정말 누군가에게 그냥 주어버리기에는 너무 아깝다.

그래서 부모는 걱정이다. 자기들처럼 부모가 양잿물을 마시고 너, 나 죽자, 고 반대했는데도 불구하고 단돈 사십만 원 쥐고 도망쳐서(물론 그때 그 돈은 적은 돈은 아니었다) 덜컥 아이부터 낳았다가, 돌잔치도 못 해주고 첫아이마저 잃은 전철을 딸이 밟기를 원하지 않는다. 부모는 찾는다, 괜찮은 청년을. 참하고 능력 있고 어른을 공경할 줄 알며 또 성실한, 딸애에게 잘 어울리며 돈도 있을 만큼 있는 한 남자를. 비록 자신들은 산 밑에 세운 간이 건물에서 '소망 분식'을 하고 있어도 그건 그거고.

부모는 특히, 여자의 모친은 분식집에 들르는 젊은 남자들 중에서 열심히 찾는다. 혹시 아는가. 이들 중에 딸의 신랑감으로 예정된 한 남자가 들어올지. 여자는 젊은 남자 손님들에게 곰살궂게 대한다. 음식도 직접 나른다. 쟁반에 반찬이 한두 개 더 추가된다. 조금씩, 조금씩 소문이 난다. 산 밑 '소망 분식'의 부부는 나라의 기둥인 젊은 남자들에게 서비스가 좋다. 누구나 다 안다. 딸 때문이라는 것을. 그러다 보니 젊은 등산객들은 장난삼아 심심치 않게 '소망 분식'으로 들어온다. 딸은 이 구석으로 내려오지 않는데, 딸은 딴생각을 하고 있는데.

한 젊은이가 여자의 모친의 눈에 띈다. 왜 눈에 띄는가? 눈에 띌 만한 별다른 점도 없는데 자꾸 눈에 띈다. 딸애의 나이와 엇비슷이 맞을 것 같은 청년을 여인은 남몰래 관찰한다. 잘생기지는 않았지만 그의 차림은 늘 단정하다. 가끔 유니폼을 입고 나타나는 것으로 보아 공무원인지도 모른다. 남자는 그렇다고 할 수 있다, 고 대답한다. 그는 군청에 근무하고 있다. 부서 이름을 대주지만 정확하게 기억해 전달하기에는 복잡한 이름이다. 청년이기에는, 젊은이라기에는 성숙한 표정과 행동도 여자의 부모 마음에 든다. 총각이신가? 그렇다, 청년은 아직 결혼하지 않았다. 바로 그 청년이 "일전에 아주머니를 돕던 아주머니 딸?"에 대한 소식을 물은 것은 모친의 상상과 희망에 불을 붙인다. 총각의 고향은 어디신가? 청년은 재미있다는 표정을 짓고 순순히 "동해"라고 고향 이름을 알려준다. 동해 바다가 아니라 동해안에 있는 도시 이름이라고 친절하게 덧붙인다. 여인의 생각은 벌써 멀리 가 있다. 벌써 청년의 말을 흘려듣는다. 그래서 나중에는 작은 부부싸움이 일어난다.

"'동해'라고 했는데 당신은 귀는 어따 뒀어?"

"하아 참, 동해는 동해지만 경포라 했구만!"

모친은 경포가 기억에 남아 있는 추억의 도시여서 고집을 부린다. 아주 오래전에 놀러 갔던 경포 근처 바닷가 마을의 한 단아한 집을 떠올린다.

"그 집에서 자랐을까?"

여인은 거의 장모라도 된 마음으로 사돈이 사는 청년의 고향 집 근처를 머릿속으로 배회한다.

청년은, 특히 주말에는 비슷하게 중무장한 유니폼 차림의 여러 청년들과 함께 들른다. 여자의 모친은 청년들의 대화를 통해 그들의 신상을 알아낸다. 그들은 산악 구조대원들로 훈련을 위해 산으로 올라간다. 숫자가 많지 않아도 그들이 오면 작은 분식집은 단번에 그득해진다. 부부는 청년들이 오는 이때를 기다린다. 무언가 좋은 일이 일어날 것같이 들떠서 여자의 모친은 달걀말이를 준비하며 구운 김이 뭉텅이로 상 위에 오른다. 종종걸음에 부은 다리를 앞에 있는 의자에 척 얹고 여인은 알고 싶어서보다는 대화를 연장하고 싶어서 이것저것 묻는다. 그는 눈에 찍어둔 청년 쪽으로 몸을 돌려 묻는다. 사무실이 이 근처신가? 청년은 인근의 한 건물 이름을 댄다.

"저기, 저그 학교 근처? 언덕 너머?"

청년은 소상히 거리 이름을 들어가며 자신이 근무하는 관공서 부설 사무실의 위치를 설명해준다. 그런 친절한 태도는 모친이 기다리던, 맘에 쏙 드는 것이다.

"아, 거기 우리가 살던 근천데."

약간의 거짓말을 보태 여인은 곧 그곳을 찾아 들르기라도 할 것처럼 관심을 보이며 아는 척을 한다. 여인은 또 묻고 싶다. 청년의 나이와 가족 관계, 취미나 관심사, 청년의 여성관과 결혼관에 대해서…… 그러나 모친은 아직 노망할 나이는 아니다. 지나친 질문으로 그들을 귀찮게 하고 싶지 않다. 젊은이들은 음식을 먹으면서 그들끼리만 알아듣는 얘깃거리가 있다. 그 재미로 그들이 몰려서 식당에 오는 것을 여자의 모친도 잘 알고 있다. 갑자기 여인의 심기가 불편해진다. 자신의 딸을 그 무리 속에 넣어본다. 꼭 들어맞지 않는 그 무엇이 마음을 스산하게 한다. 그것이 무엇인지 모친은 알고 싶다. 갑자기 자신의 딸이 그들에게서 따돌림당한 것 같다. 아니다, 무언가 아귀가 맞지 않는 것, 그것 때문에 딸이 먼저 청년을 밀어낼 것 같다.

일행 중에 여자가 끼는 경우도 있지만 청년과 가까운 것은 아니다. 확실히 청년은 괜찮은 신랑감이다. 키도 크고 조금 날카로운 맛은 있지만 눈빛은 따뜻하고 태도는 친절하고 어느 모로 보나 건장하다. 여인의 남편은 생각은 다르다. 그는 도저히 딸애를 결혼시킬 마음의 준비가 되어 있지 않다. 반면에 남편은 욕심은 없다. 누구처럼 이것저것 살피지 않는다. 그는 술친구이자 또 한 명의 아들 노릇을 할 사위를 선호하는 편이다. 물론 딸애를 굶기거나 자기들에게 손을 벌려서는 안 된다. 그런데 요새도 굶는 사람이 있나. 그는 먹고사는 것이 문제이던 때는 지나갔다고 생각한다. 그에게 있어, 고난의 때는 확실히 지나갔고, 가난의 때도 온전히 지나갔다. 이제는 누림과 즐김의 때다. 비록 무허가의 산 밑 식당이지만 이것으로 자식들 교육까지 시켰는데……, 가난의 때도 고난의 때도 다 지나갔는데 무언가를 누릴 수도 즐길 수도 없는 환경과 상황과 나이의 세 재앙이 그에게 도래한 것이다. 하루에도 몇 번씩 틈을 타 분식집 밖으로 나와서 그는 혀를 차면서 혼잣말을 한다.

"내가 미쳤지! 귀신에 씌었지, 암!"

하루 종일 분식집의 심부름꾼 취급 하는 여편네는 삼십 년 전 죽기를 각오하고 고향에서 야반도주 같이하던 이십 대의 애인과는 아무 상관이 없다. 모든 잡일을 하며 모은 돈으로 그가 차리고 싶었던 것은 호프집이었지 분식집이 아니었다. 여자의 부친은 그래서 사사건건 여편네의 말에 토를 달고 다

툼거리를 찾는다. 무료하고 지루하기 때문이다. 이 사람 때문에 늘 삶이 자기편이 되어주지 않는다고 확신하기 때문이다. 언제부터인지 슬그머니 여자의 모친이 칭찬해 마지않는 청년을 긍정적으로 평가하기 싫다. 부부에게 싸움거리를 제공하는 것이라면 그는 뭐든지 환영한다. 청년은 보기와는 달리 까다로운 구석이 있다. 주말에 무리지어 와서도 왁자지껄 젊은이답게 떠들지도 않고 거나하게 취하지도 않는다. 청년이 활달하지 않고 자신이 없다는 증거다. 손마디가 거칠고 굵은 청년의 손을 보았는가. 내 눈은 못 속인다. 그는 공무원이 아니라 노동자일 것이다. 구조대원은 나도 뭔지 아는데 그건 직업이 아니다. 부부싸움은 잘 날이 없다. 그러나 이들은 이혼할 수 없다. 그리고 이혼하지 않을 것이다. 이들의 환경과 조건과 나이가 그것을 허락하지 않는다.

청년은 식당 주인아주머니가 자신에게 호감을 가지고 있는 것을 알고 있다. 청년은 단골이 되었다. 무릎관절이 약한 분식집 여주인을 위해 이따금 봉사를 마다하지 않는다. 삐걱거리는 문을 고쳐준다. 주방의 가구 위치를 옮겨준다. 배달 온 식재 상자를 옮겨준다. 여자의 모친은 엄마의 직관을 동원해, 동물적 모성애를 발휘해 그 미지의 청년과 딸의 미래를 지치지 않고 점쳐본다. 청년이 들를 때마다 농담하고 캐묻고, 살펴보고 점검해보고 시험해보고자 무수한 질문을 던진다. 그런데 남자는 대답 대신 슬그머니 웃기만 한다. 여자의 모친의 꾀는 곧 바닥난다. 청년을 더 붙잡아둘 핑계도, 답이 나올 만한 질문을 에둘러서 하는 재주도 기술도 없다. 게다가 주중에 가끔 혼자 들르는 청년은 공무로 바쁘다. 매번 그렇게 여자의 모친은 청년을 놓친다. 모친은 잘 모르겠어서 골치가 아프다. 단골 청년과 분식집 주인 사이에는 아무리 들여다보아도 보이지 않는 투명막이 가로막고 있다. 그것이 뭔지 이 여인은 알 수 없다. 깊이 생각해보지도 않는다. 눈에 안 보이면 또 그만이다. 게다가 마치 누가 일부러 짠 것처럼 딸애가 오는 주말과 청년이 들르는 주말은 엇갈리기만 한다. 딸애는 대체 어디서 무엇을 하고 있는지 알 수 없다. 이 어두운 세상에, 무슨 일이 일어날지 모르는 대도시에서 혼자 무엇을 하는지, 갑작스레 밀려드는 갈증에 모친은 손님이 남기고 간 술병의 술을 들이켠다.

그러는 사이 서울에 있는 딸은, 점점 더 뜸하게 부모를 보러 오는 딸은, 부모에게는 알리지도 않고 남편이 될지도 모르는 남자와 함께 시어머니가 될지도 모르는 사람과 상견례를 하러 다방으로 향한다.

3

    .

남자와 여자가 열두번째 만나고 있다. 그날의 주인공은 여자도 남자도 아니다. 오십 대 중반이지만 아들이 노년으로 봐주기를 원하는 여인이다. 남자의 모친과의 만남이 빠르게 주선되었다. 여자가 공을 들이지 않았는데도 그날이 저절로 다가왔다. 이 대 독자 아들과 떨어져 살 수밖에 없어 늘 아픈 데가 많은 이 홀어머니는 성급하고도 씩씩하게 서울로 올라왔다.

"엄마, 이 사람이야. 내가 얘기했던⋯⋯."

남자의 엄마라고 소개를 받은 노인은 얼굴은 팽팽해도 마음이 이미 노인이기 때문에 그렇게 부를 수밖에 없었다. 여자와 노인의 눈이 쨍하고 부딪친다. 여자는 대체로 착하고 또 그럭저럭 현명하기도 하다. 여자는 자신의 몸을 흠이라도 찾듯이 구석구석 정탐하는 노인에게 배시시 웃기로 한다. 그건 무언가 꿀꺽 삼키는 기분이었는데, 여자의 경험에 의하면 어려운 상황 앞에서 꿀꺽 삼킬 때마다 어느새 상황이 호전되어 있곤 했다. 목적을 잃지 말아야 한다. 먼 목적은 둘째 치고라도, 우선 이렇게 화창한 날, 맘에 드는 옷을 입고 애인을 만나러 나왔는데, 처음 만난 노인 때문에 맛난 점심식사를 망쳐버리고 싶지 않다. 여자는 노인이 묻는 말에 즐거운 새처럼 조잘거리기 시작한다.

"네, 네. 그럼요. 저도 그렇게 생각해요. 어, 어, 어, 머, 님 말씀이 맞아요!"

여자의 달변은 효력이 있다. 그래서 한 시간 뒤 그들이 한정식 집에서 고기를 굽고 있을 때는 여자가 뒤적거려 건져낸 잘 익은 고기 조각의 대부분이 쌈에 싸여 미래의 시어머니의 입으로 줄지어 들어갔다.

식사가 끝나기도 전에 노인이 결혼 날짜를 얘기했을 때, 아들도, 아들의 애인도, 또 아들의 엄마인, 그 말을 한 장본인인 노인 자신도 깜짝 놀랐다. 역시 맛있는 음식과 알맞은 수다는 모든 노인, 특히 젊은 노인들에게 꼭 필요한 것이다.

남자와 노인과 헤어져 집에 오는 동안 여자는 큰 혼란을 겪는다. 이상한 불가항력의 코너로 자신이 몰리고 있다는 느낌에 사로잡힌다. 여자가 주체할 수 없는 속도로 일이 진행된다. 내가 지금 뭘 하고 있는 거지? 젊은 노인 앞에서 조잘거리던 사람은 정말 그녀 자신인가? 순식간에 남자도 노인도 모두가 사실 같지 않다. 여자는 속으로 중얼거린다.

"다 가짜야."

여자는 정말 그 남자가 어떤 사람인지 모르겠다! 가만히 생각해보면 남자는 유령 같다. 여자는 그에 대해 정확히 아는 것이 없다. 나이와 직장 전화번호와 남자가 사는 원룸의 위치와 그가 근무하는 회사의 위치. 모든 게 가변적이다. 여자는 그녀와 함께하지 않는 시간, 즉 남자의 삶의 대부분의 시간을 무엇을 하고 지내는지 전혀 상상할 수 없다. 남자가 여자에 대해 모르는 것 또한 마찬가지다. 차이가 있다면 남자는 여자의 신상과 여자의 생활에 대해 궁금해하지 않는다는 것이다. 남자의 모친을 만났다고 해서 남자에 대해 더 알게 되지 않는다. 그들은 정말 모자지간인가. 젊은 노인은 정말 여자를 아들의 아내로, 자신의 며느리로 받아들이려는 것인가. 자신에게 일어난 어떤 일도 실제로 일어난 일이라고 확신할 수 없는 착란의 상태는 다행히 오래 계속되지 않는다. 버스 안의 습한 더위 때문일 것이다. 버스에서 내려 자신의 방까지 걸으며 여자는 자신을 다독인다.

너무 멀리 가기 전에 여자는 다른 선택을 할 수 있다. 일테면 그녀의 부모가 등산객들을 상대로 경영하는 간이식당의 단골이라는 그 남자, 간간이 혼자 혹은 친구들을 대동하고 들러 수제비나 잔치국수 같은 밀가루 음식을 즐겨 시키는 남자, 부모의 잔심부름을 마다하지 않으며 부모의 은인이라 할 만큼 어려운 상황에서 도움을 주었다는 그 남자와 만날 수도 있었다. 그러나 여자는 몇 개의 단어로만 존재하는 남자보다는 손을 뻗으면 닿는 곳에 있는 살과 뼈로 된 남자와의 결혼을 향해 전진한다. 그 몇 개의 단어라니! 친절, 성실, 과묵, 인정, 침착…… 이런 단어들은 이미 그녀에게는 낡고 지루한 추상적인 단어들 아닌가. 이 단어들이 내포하고 있는 현실은 얼마나 빠듯하고 엄격한가. 얼마나 모범적인가! 모친이 그토록 칭찬하는 그런 남자가 실제로 존재한다면 이미 여러 여자가 남자 뒤에 줄 서 있거나 아니면 이미 결혼했어야 마땅하다.

손에 잡히지 않고 눈에 띄지 않으며 기능이 불분명한 자질을 추켜세우며 그 남자를 만날지도 모르니 집에 들러보라고 강요하는 모친에 대해 여자는 갑자기 거의 적개심에 가까운 반항심에 사로잡힌다. 흥분도 쾌락도, 관계를 아슬아슬하게 쥐락펴락하는 극적인 갈등도 폭풍과 같은 질투도 불가능할 것 같은, 그 모든 것을 밋밋하게 만들 것만 같은 남자의 존재는 모친이 묘사하는 몇 단어로부터 점점 더 구체적인 괴물로 여자의 머릿속에 그려진다.

단연코 여자는 그런 괴물과 나누어 가질 것이 없다. 아, 정말 부모들이란! 여자는 남자와의 결혼이 되돌릴 수 없는 단계에 이르기까지 부모와의 대면을 요리조리 피한다.

그 여자에게 운명이란 이런 것이다. 그녀의 존재가 완전히 다른 방향으로 진전할 수 있는 기회는 그 몇 단어로 인해 그 여자를 비켜 지나간다. 그 여자는 자발적으로 그녀가 결정한 길로 질주한다. 그것이 그녀의 몫이다. 그래서 밀가루 음식을 잘 만드는 여자는 결국 밀가루 음식을 좋아하는 그 남자를 만나지 못했다.

부모는 딸을 더 잘 알았어야 했다. 그런 단어를 쓰지 않고 단골 청년에 대해 말했어야 했다. 주사위는 부모 등 뒤에서 이미 던져졌다. 남자와 변변한 대화나 기억에 남는 모험도 나누어보지 못하고, 그저 남자와 여자가 만나서 하는 그렇고 그런 코스를 숙제하듯 한 바퀴 돌고 난 후, 여자는 흰 와이셔츠에 푸른 넥타이가 어딘지 뇌쇄적인 매력을 풍기는 남자, 옆얼굴에서 도드라지는 선의 날카로움이, 남자의 몸이 드러내는 단단함과 물렁함의 묘한 조화가, 약삭빠름과 유연함의 모호한 혼재가 그녀의 성적인 욕망을 자극하는 이 남자와 결혼하기로 마음을 정한다. 몇 달 전 어느 날 자신의 인생에 속도를 높여줄 보조 모터를 갈구하던 때를 까맣게 잊는다. 그 어딘가와 무언가와 묘하고 모호한 그것이 뭔지 결국 규명하지 못한 채 그것들에 빨려 들어가듯 여자는 결정을 내렸다. 눈길에 미끄러져 산중턱에 누워 있는 그녀의 모친을 발견하고, 증발한 아들 대신 무소식인 딸 대신 정성껏 보살핀 생명의 은인은 여자에게까지 은인이 되지 못했다.

여자의 부모가 방바닥을 치며 한탄을 했어도 딸의 결혼 과정은 예정보다 빨리 진행되었다. 그러나 곧 여자의 모친은 자신이 억울해하는 것이 현명하지 않은 일임을 알아차린다. 딸애의 정해진 통보를 받은 지 사흘이 지나는 동안 여자의 모친은 딸만은 아들처럼 잃고 싶은 생각이 없다는 사실을 재확인한다. 아들이 필리핀으로 증발한 후에야, 이 부부는 자신들이 저지른 일이 자식들에게 미친 감염 효과에 대해 깨닫게 되었다.

'모든 감염은 이차감염에서 징후가 증폭된다.'

이것이 이들 부부가 터득한 것이다. 조용한 듯하지만 저돌성과 정열을 숨긴 딸의 성향으로 보아 이 관찰은 적절하게 들어맞는다. 유사시 딸은 러시아로, 북한으로, 북극이나 적도로, 더 충격적인 방식으로 증발할지 아무도 모르는 일이다. 여자의 모친은 쓰디쓴 통증을 꿀꺽 삼키고 딸의 결정을 두 손 들고 환영할 수밖에 없다. 여자의 부친은 어떤가. 그에게 있어 자식들의 약혼이나 결혼, 별거나 이혼 같은 일은 이러나저러나 골치 아픈 일이다. 그는 딸을 사랑한다. 그러므로 딸의 결정을 따른다. 부친은 남자답게 현대적이고 개방적인 아버지의 포즈를 취한다.

여자가 부모에게 거두절미 선포한 결혼 계획이 가져다준 여파는 짧은 시간 안에 진정 국면으로 접어들었다. 그랬다. 분식집에 들르는 남자는, 주말에는 친구를 무더기로 몰고 오며, 관청인가 군청인가 어떻든 그런 탄탄한 곳에서 일하는 그 청년과 자신의 딸의 결혼까지는 상상만으로도 숨이 차는 먼 길이다. 되지 않을 일을 상상하지 않는 것은 엄마나 딸이나 마찬가지다. 그녀들에게는 눈앞의 현실이 있을 뿐 사실 꿈은 없다. 포기하고 나니 식당 여주인과 청년과의 사이는 좀더 자연스럽게 된다. 산악 구조대원인 청년은 무엇보다 산을 사랑한다. 산에서 일어나는 사고는 그의 영역이다. 특히 사람들이 많이 모여드는 주말에는. 그가 받았다는 복잡한 훈련 이름을 일일이 다 기억할 수는 없지만 분식집 여주인은 기억하고 싶은 건 잘 기억한다. 어떻건 남자는 단골이고 여자의 부모와 통성명까지 하게 된 그 청년 사이에는 제법 긴밀한 관계, 분식집 주인과 단골 고객 사이에 맺어지는 상식적인 관계 이상의 따뜻하고도 애틋한 관계가 수립된다. 어찌 보면 산 밑의 이 분식집도 산의 일부가 아닌가. 부모가 모아놓은 얼마 되지 않는 재산은 물론 부모의 집까지 저당을 잡혀 투자한 사업을 비밀리에 처분하고 종적을 감춘 아들 대신 청년은 이 부부에게 커다란 위로(청년에게는 부부의 걱정거리를 들을 줄 아는 귀가 있었다)와 실제적인 도움(버스로 반 시간 남짓한 곳에 있는 약국에서 부부를 위해 약을 사오겠다고 제안한 것은 청년이었다. 낡은 산 밑 집에는 계절이 바뀔 때마다 수리할 일이 끊이지 않았다)을 준다. 어느 해 폭설과 바람에 귀퉁이가 주저앉은 함석지붕을 청년과 그의 친구들이 수리하는 데는 채 세 시간도 걸리지 않았다.

4

남자와 여자의 결혼 준비는 한정된 물질적 조건으로 인해
서 고요하고 소박한 것처럼 보였다. 결혼 준비를 위해 남자와
여자는 더 자주 만난다. 그러니까 거의 매일. 머리를 짜내 꾸
고, 빌리고, 얻어내니 꽤 많은 돈이 생겼다. 필요한 것보다 더
많은 금액이. 그들은 자신들도 잘 모르고 있었던 성향들을 서
로에게서 발견하고 놀란다. 그들의 내부 어딘가에는 커다란
구멍이 있었다. 여자의 몸은 남자의 몸보다 훨씬 작은데 그
구멍은 몇 배 더 크고 깊었다. 대신 남자에게는 구멍의 종류
가 더 다양했다. 그 구멍들은 모두 입구는 작은 듯했지만 많

은 것을 삼킬 수 있는 놀랄 만한 체적을 가진 질긴 가죽 주머니 같은 것이었다. 그 속에 세상의 모든 물건들에 대한, 이율배반적이며 상충하는 욕망들에 대한 화산과 같은 뜨거운 정열이 내재되어 있다. 두 사람이 만나 그 용암 빛의 적황색 에너지는 수배로 증폭되었다. 결국 결혼은 그들에게 운명이었다.

대형 할인마트의 광고 전단지는 그들을 흥분시켰다. 그들의 주말은 백화점에서 백화점으로, 그즈음 기하급수적으로 생겨나는 할인마트에서 아울렛 매장으로, 마트로, 동대문에서 용산으로, 가구상들이 모여 있는 포천에서 남대문으로, 그러다가 다시 잡화에서 의류까지, 의류에서 침구까지, 침구에서 보석까지, 보석에서 식기까지 없는 것이 없는 동대문과 남대문으로 종횡무진 바빴다. 책 한 권의 두께로 쌓이는 카탈로그를 뒤적이며 가격을 비교하고 기능을 분석하며 물건의 실존의 조건들을 확인한 후 전화로 물품을 신청할 때면, 그들은 온갖 유용하고 기이한 물건으로 가득한, 아무나 범접할 수 없는 하늘까지 닿은 마천루 쇼핑몰을 상상했다.

그 모든 물건들의 미로와 대로와 소로를 헤매는 과정에 그들은 조금씩 의기소침해지기도 한다. 물건들의 세상은 만만치 않다. 물건의 질서가 그들의 순진한 격앙에 찬물을 끼얹었으며 한 단계 더 높은 물건의 세계, 그들이 결코 범접할 수 없으며 철없는 그들을 단호하게 거부하는 견고한 세계가 있음을 가르쳐준다. 점점 더 엄중하고 격조 있게 열리는 물건이라는 이름의 이 새로운 선생 앞에서 그들은 다소간 겸손해졌다. 이 물건들의 세상은 그들에게 결코 호의적이지 않다. 물건은 이들을 싫어한다. 인색하게 따지며 까다롭게 계산하는 이들이 물건들 편이라 할 수 없다.

아득한 현기증이나 멀미 같은 미미한 증상이 그들을 꼼짝 못하게 했다. 미열 같은 이것이 일생 동안 그들의 삶의 배경 색조가 될 것임을 그들은 알아차린다. 미열 속에서 서로의 실상이 적나라하게 드러났다. 남자는 여자를, 여자는 남자를 덜 좋아하게 되었다. 조금씩, 눈에 띄지 않게.

결혼식 날짜가 가까워옴에 따라 남자는 여자에게 공격적이 되고, 여자는 그에 지지 않고 대든다. 풍요하다고는 할 수 없어도 딱히 부족한 것이 없는데도 정체불명의 불만이 미래의 부부 사이에 자리 잡기 시작했고, 그들은 툭하면 싸운다. 그들이 각자 혼자가 되었을 때 잠시, 잠시, 대체 어디부터 엉켰는지 뭐가 뭔지 모르게 되어버릴 때가 있다. 그들은 사실 겸손하다. 대단한 것을 추구하지 않고, 감히 행복이나 사랑 혹은 그에 버금가는 대단히 고매한 가치가 담긴 말에 대해 궁금해하지 않는다. 모르는 것을 모른다고 말하는 겸손이 자신들에게 있는 것을 남자도 여자도 잘 알고 있다. 복잡한 질문이 머리를 두드릴 때는 일찍 자버리는 것이 상책이다. 모르는 것에 대해 깊이 생각하지 않는다. 그런 건 피곤할 때, 춘곤증처럼, 잘못 깬 짧은 낮잠 후처럼, 유행성 독감의 초기 증상처럼 미적지근하고 불편한 것이기에, 아스피린 한 알 먹고 일찍 자리에 들어 뒤돌아 누워버리는 것이 서로의 건강을 위해 좋다. 미세하지만 감지되는 것, 보이지 않지만 들리는 것을 무시하고 교란하는 것은 주변에 널려 있다.

갈등은 그들에게는 일상적이 된다. 소박한 소시민을 자처하는 그들에게도 갈등을 거치지 않은 해결책은 무가치한 것이다. 멋없는 것이다. 제이의 본능 같은 불화는, 밋밋한 관계에 자극이 되며 의기소침할 때 에너지를 주기도 한다. 그들은 따지고 주장하고 대립하고 상대편을 깎아내리면서 얻어내는 가르침에 길들어 있어서, 남자와 여자 사이의 크고 작은 갈등과 그로 인한 불화는 마치 이들이 벌써 하나가 되어가는 것을 보여주는 결속력의 표시처럼 보였다. 갈등을 통과한 연대의식은 짜릿한 것이다. 그들은 갈등의 기술을 익히고, 그것을 가지고 노니는 방법을 배웠다. 그렇게 친밀감은 깊어간다. 상대편에 대한 공격과 질투와 자잘한 비판, 미움은 사랑의 이면이라는 유행가 가사처럼 그들의 현실이 되어간다.

팔만오천 원의 가격 차이가 나는 (결국은 사지 못하고 말) 침대 디자인 때문에, 남자가 구두 하나를 포기하면 구입할 수 있는 (결국은 비슷한 색과 디자인의 물실크로 결정한) 여자의 실크 블라우스 때문에 그들은 서로를 죽일 것처럼 노려보았고, 결혼 얘기를 없던 것으로 하자는 말이 그들의 목구멍까지 치받아 올라왔다. 그러나 다음 날이 되면 그들을 온통 사로잡은 그 이상한 적의는 괄호 안으로 들어간다. 아무 일도 없었던 것처럼 그들은 괄호 안에 갇힌 것이 튀어나올까 봐 서로를 으스러지도록 껴안는다. 오래가지 않는다. 한마디 실수, 부적절한 눈짓으로 그들은 뒤도 돌아보지 않고 버스에 오르며, 오로지 상대의 분을 돋우려고 각자의 치부를 공격한다. 하루하루 결혼 날짜가 다가올수록 그들은 변덕스러워진다. 그들의 감정은 못된 자의 장난에 휘말려든 것처럼 널뛴다. 남자의 모친은 아들에게서 시시콜콜하게 보고를 받는다. 원래 결혼을 앞두고 여자는 신경이 날카로워지는 법이라고 아들을 다독거린다. 여자의 친구나 동료들은 이구동성으로 그건 '사랑싸움'의 일종이라고 말한다. 다행히 그들이 같이 해결해야 할 일의 목록은 수첩의 두 면이 넘을 정도로 많다. 오래 싸울 시간도 없이 결혼식 카운트다운이 시작됐다.

결혼기획사 직원은 친절했다. 예복 대여 가격은 센 편이었지만 감당 못할 정도는 아니다. 두 젊은 남녀에게 번듯하고 화려한 결혼 예복이 마련되었다. 두 사람의 손가락에는 고상한 빗살무늬가 돋보이는 순금 반지가, 그들의 팔목에는 메이커가 드러난 예물 시계가, 여자의 귀와 목에는 준보석에 속하는 만족할 만한 크기의 귀걸이와 같은 준보석이 박힌 목걸이가 빛을 발할 것이다. 남자의 가죽 벨트는 명품 매장에서 구입한 것이다.

남자의 모친도, 여자의 부모도 까다롭게 굴지 않았다. 다행히 남자네 집에는 챙길 가족이 많지 않다. 원래 가족이 없는 것이 아니라, 부친의 사망 후 모친이 시가 쪽과의 관계를 끊었기 때문이다. 그건 그 사람들 생각이고, 남자의 모친의 해석이 더 정확하다. 홀로 된 모자가 언젠가는 손을 벌릴 것이 겁나 관계를 끊은 것은 시가 쪽이다. 어느 쪽이건 결과는 같다. 이들은 서로 보지 않는다. 그래도 결혼은 결혼 아닌가. 홀로된 이 부인에게는 격이 있다. 모친은 오래된 화석 같은 시댁 사람들 한 명 한 명에게 아들의 결혼을 전화로 알렸다. 그까짓 것 눈 한번 질끈 감고 하면 그만이었다. 마음은 그렇게 먹어도 몸은 그에 동의하지 않았다. 며칠에 걸쳐 전화를 한 바퀴 돌린 그녀는 그만 화병으로 쓰러져 결혼식 바로 전날까지 고열과 경련을 일으키며 앓았다. 아들은 결혼식 전날 저녁 만사 제치고 모친을 모시러 내려갈 수밖에 없었다. 이번에는 꾀병이 아니다. 우여곡절 끝에 모친이 모은 친척 수는 일곱. 회사 안에서 명주례로 꼽히는 상사를 주례로 섭외한 덕분에 회사 사람들이 남자 쪽 하객석을 메워 체면이 선다.

여자 쪽 하객들이 붐볐다. 여자 쪽 하객이 많아야 시집 생활이 평탄하다, 고 여자의 부모는 생각한다. 한자리를 제법 오래 지킨 요식업자로서 지역 주민과 공공기관 사람들이 초대되었다. 이들 중에 한두 번 '소망 분식'에서 공짜 음식을 먹지 않은 사람은 없다. 친척도 적잖이 왔다. 부부는 번갈아가며 친척과 지인과 단골손님과 거래처에 전화를 돌렸고, 입이 부르틀 정도로 만나는 사람들을 일일이 딸의 결혼식에 초대했다.

결혼식은 부산하지만 어떤 격식 하나 빠뜨리지 않고 계획했던 대로 잘 진행된다. 남자 쪽 대기실에서 굵직한 목소리의 하객들이 시끌벅적 떠드는 소리가 여자 쪽 대기실까지 들려온다. 여자 쪽에서는 마지막 화장 손질에 여념이 없다. 화장을 마치고 일어섰을 때 친구와 동료들은 작은 환호성을 지르며 박수를 쳐준다. 짙은 신부 화장과 예복 차림 변장으로 신부를 알아보지 못하는 사람들이 있지만 그것이 바로 결혼식장에서 누구나 기대하는 깜짝 이벤트다. 여자에게 선물을 전하기 위해서 누군가가 다가왔는데 그녀는 그 사람이 누구인지 알아보지 못한다. 그중 한 사람이 같이 온 나머지 세 명을 가리키며 말한다. 초등학교 동창들이다. 순간, 어렴풋이 여자의 머릿속에 어릴 때의 한 교실이 떠오른다. 아! 아득히 먼 곳에서 초롱초롱한 눈빛을 한 어릴 적의 그들이 그녀에게로 달려온다. 이제 알 것 같다. 여자는 자신에게도 어린 시절이 있었다는 사실을 놀랍게 상기한다.

"어머, 너……!"

이름이 떠오르지 않는다. 그러나 친구들이 자기의 이름을 밝혀준다. 친구들 뒤에서 얼굴에 가득 웃음을 띤 한 여인이 앞으로 나와 그 사람 역시 여자에게 선물을 건넨다.

"생각나니? 5학년 3반 우리 담임선생님, 선생님이 같이 가자고 부르셔서 오게 됐어!"

무슨 말인가를 하려는 친구들을 막고 담임선생님이 조심스럽게, 가볍고도 조심스럽게 여자를 안아준다.

"축하한다, 정말 축하해."

겨우 얼굴이 생각나는 듯한 은사에게서는 따뜻한 열기가 전해진다. 여자가 잊고 있었던 어떤 냄새, 어떤 온기가 여자의 온몸을 휩싼다. 신부 화장만 아니라면 길 잃고 헤매다 만난 것처럼 그 품에서 울컥 감격의 눈물을 쏟고 싶은 마음이 일 정도다. 은사는 선물 상자 안에 명함을 넣어두었으니 꼭 한 번 연락을 하라고 여자의 눈동자를 그윽한 시선으로 들여다보며 제안한다. 여자는 열두 살의 소녀가 되어 고개를 끄덕인다. 그들은 여자에게 손을 흔들며 예식장 쪽으로 멀어져간다.

모든 절차는 순조롭게 진행된다. 두 사람은 검은 머리가 파뿌리 되도록 어려울 때나 즐거울 때나 일생을 함께할 것을 서약한다. 어렵사리 인기 주례를 섭외한 것은 다행이다. 남자 직장의 상무이기도 한 주례는 달변일 뿐 아니라, 엄숙한 외모와는 대조적으로 전통적인 주례사에서 과감히 벗어나 엉뚱한 예화를 들어 하객을 웃기는 데 주력했다. 그것은 성공적이다. 하객들의 머릿속에는 잠시 화장실 간 신랑을 놔두고 신부와 함진아비들만 태운 신혼여행 자동차에 대한 얘기가 더 오래 남아 있을 것이다. 어디선가 많이 들어본 듯한 이 예화로 예식장의 분위기는 야릇하게 달구어진다.

하객들에게는, 이 단과 삼 단 사이에서 망설이다가 삼 단으로 낙착된 접는 우산, 두 사람의 이름이 인쇄된 수건 세트와 점심식사가 제공되었다. 웨딩드레스에서 한복으로 한복에서 신혼여행용 투피스로 갈아입는 사이 결혼식의 절차는 끝이 났다. 신부와 신랑은 하객들이 식사를 하는 식당으로 와 인사를 한다. 테이블을 돌 때마다 남자와 여자는 놀라지 않을 수 없다. 신랑의 하객은 대부분 여자가 한 번도 보지 못한 사람들이다. 그것은 남자 쪽의 상황도 마찬가지다. 여자가 친근하게 인사하는 그 어떤 사람도 남자는 알지 못한다. 남자의 팔짱을 끼면서 친밀함을 표하는 저 여자들은 대체 다 누구인가. 그들은 그사이 어디 있었나. 여자의 어깨에 손을 얹고 귓속말을 하며 웃는 저 남자들은 다 어디서 튀어나왔나. 그러나 신부 신랑은 한눈팔 시간이 없다. 그들 앞에는 미래가 있다. 앞에 널려 있는 게 시간이다. 이들을 한 명 한 명 알아갈 시간이 많다. 인사를 받은 하객들은 다시 한 번 손뼉을 치며 이구동성으로 관전평을 남발했다. 신랑 자리는 미남이고 믿음직스러우며 신부 자리, 정말로 예쁘다!

신혼부부가 된 그들은 결혼기획사에서 기획한 대로 태국의 푸껫으로 삼박사일의 단체 신혼여행을 떠난다. 그들이 자주 해외여행을 했다고 말할 수는 없지만 그렇다고 이번이 첫 여행은 아니다. 단체 여행 팀에는 모두 네 쌍의 신혼부부가 동승했다. 그중에서 나이가 어려 보이는 신혼부부가 늘 남자와 여자의 옆자리에 자리를 잡는다. 태국까지 오는 비행기 안에서도, 푸껫까지 이동하는 승합차 안에서도 호텔 식당에서도 자석이 붙은 듯 고개를 돌리면 그들의 옆에 어린 부부가 자리를 잡고 있다. 그러나 사실은 그 반대다. 이상하게 어린 신랑 신부 옆자리가 늘 비어 있어 그들은 그곳에 앉을 수밖에 없었다. 바로 옆자리의 어린 부부는 조용하게 가이드의 안내에 따라 움직였고 서로 오랫동안 아는 사이처럼, 혹은 오누이처럼 분위기가 비슷하게 닮았다. 그들에게는 때로 노부부에게서나 풍겨 나올 법한 원숙미까지 있다. 어린 신혼부부는 깜찍하게도 서로를 OO 씨라고 깍듯하게 불렀고, 존댓말은 아니어도 똑 부러지는 반말을 쓰지도 않는다. 남자와 여자는 귓속말을 하며 이 어린 부부 때문에 깔깔거리고 웃었다. 나머지 세 쌍의 신혼부부들의 부산함과 어색하고 과장된 애정 표현으로 분위기가 들떠 있는 중에 소년, 소녀라고 부르는 것이 더 어울릴 어린 부부의 침착함과 자연스러움이 부자연스러워 모든 이의 눈에 띄었다. 이들은 벌써 오래전부터 가정을 이룬 것만 같다. 그들은 흘끔흘끔 기이한 그 어린 부부를 이끌린 듯, 홀린 듯 바라보지 않을 수 없다. 어쩌다 서로의 시선이 마주치면 어린 신랑 신부는 그들 쪽으로 고개를 돌려 약간 쑥스러운 듯, 그러나 환한 미소를 짓는다.

인근의 명소에서 명소로, 중식당에서 전통 식당으로 이동하는 소형 승합차 안에서 그들은 조금씩 친해진다. 그들은 거의 소녀와 소년이다. 그들은 일주일 전에 성년이 되었고 결혼식을 올렸다. 그들은 같은 고향에서 그것도 이웃이었고, 같은 학교를 다녔으며 지금도 같은 학교에 다니고 있는 학생이다. 그들은 사람들이 묻는 질문에 짧게 답한다. 그들의 꿈은 선교사다. 꼭 이곳은 아니지만 이곳에서 멀지 않은 나라의 한 지역을 몇 년 전부터 마음에 품었다. 그래서 신혼여행 장소를 그곳에서 가장 가까운 곳을 택해 여행하게 되었다. 그들은 그곳의 언어를 배울 것이며 공부를 마치자마자 살러 올 것이다. 남자와 여자는 이런 알아듣기 어려운 말을 술술 하는 어린 신랑 신부를 놀란 눈으로 쳐다본다. 세상에는 정말 기이한 사람들이 살고 있다.

결혼기획사의 여러 제안 중에서 가격 대비 제공하는 이벤트가 가장 많아 남자와 여자는 이곳을 택했다. 어떻건 이박삼일 프로그램 대신 이리도 희귀한 어린 신혼부부를 만나게 된 삼박사일짜리를 택한 것은 잘한 일이다. 이들은 친구가 된다. 서로 연락처를 주고받는다. 돌아가서 꼭 다시 만나자고 말한다. 간식을 나누어 먹고, 관광을 같이하며 여행사가 제공하는 태국 전통춤을 같이 관람한다. 여가 시간에는 소년의 제안에 따라 호텔 뒤쪽의 작은 산으로 산책을 한다. 소년에게는 풀이름을 알아맞히는 재주가 있다. 소년이 댄 풀이름에 학명을 붙여주는 것으로 보아 소녀의 식물학 실력도 만만치 않아 보인다.

산이건 바다건 남자와 여자가 지금처럼 자연 속을 이렇게
천천히 걸어본 것은 아주 오랜만의 일이다. 부모가 경영하는
산 밑 식당에서 상당 기간을 살았음에도 불구하고 여자가 산
책하기 위해 산을 오른 적은 드물다. 산 위 손님이 주문한 커
피나 음식을 나르기 위해서 늘 바삐 걸었다. 사방이 야산인
지방 소도시에서 태어나 자란 남자는 늘 산에서 체력과 근육
을 단련해왔다. 산은 그에게 많은 이득을 가져다주었다. 어디
를 가건 그는 산에 가는 사람을 모은다. 그의 보폭은 크며 발
걸음은 재빠르다. 남자와 소년 신랑은 저만큼 앞서서 걷고 있
다. 여자는 나오는 하품을 막을 수가 없다. 팽팽히 당겨 있던
근육이 풀리면서 터져 나오는 하품이다. 노곤해진 사지를 널
브러뜨리고 풀숲에서 한잠 자고 싶다. 앞서서 걷는 남자와 소
년의 대화 소리가 간간이 들려온다. 군대의 후일담과 직장 불
평, 아직까지도 전율을 주는 올림픽 하이라이트, 경기 회복,
증권…… 거의 남자가 독점하고 있는 대화의 조각이 끊어졌
다 이어졌다 여자에게 들려온다. 새신랑의 생소한 목소리. 여
자의 앙가슴 언저리를 날카로운 통증이 콕콕 찌른다. 섬광 같
은 깨달음이 여자의 걸음을 멈추게 한다. 옆에서 걷는 소녀의
얼굴을 들여다본다. 여자는 너무 멀리 왔다. 돌아서기 어려울

만큼, 있어야 하는 곳에서 멀리, 멀리 떠나왔다. 그곳이 어디인지 새까맣게 잊을 정도로. 소녀가 그 거리를 일깨워주는 줄자의 눈금이라도 되는 듯 여자의 시선이 소녀의 눈동자에 오래 머문다. 여자의 고정된 시선에 소녀 신부는 장난스럽게 큰 미소를 짓는다. 바로 그때 남자의 목소리가 들린다.

"이제 그만 저녁 먹으러 갑시다!"

딱 알맞은 제안이다. 뒤를 돌아보거나 의문을 제기하거나 후회하는 것은 그녀에게 어울리지 않는다. 회상도 회한도 질색이다. 복잡하게 생각하지 않고 앞으로 나가는 것이 좋다. 허기진 네 사람은 호텔로 가는 지름길을 택한다.

그저 짧은 산책이었을 뿐인데 남자와 여자는 지쳐 나머지 날들을 거의 침대에서 뒹굴다 잠들다를 반복한다. 그들은 지난 몇 달 지독한 피곤에 시달렸다. 특히 남자는 신혼여행을 위해 자신에게 맡겨진 일을 끝내느라 결혼식을 앞두고 여러 날 무리한 야근을 했다. 여자는 남자의 옆얼굴을 바라본다. 남자는 입을 살짝 벌리고 가볍게 코를 골며 자고 있다. 여자는 남자의 잠든 손이 움켜잡고 있는 자신의 손을 무거운 마음으로 내려다본다. 이동하는 버스 안에서, 호텔 방 안에서, 로비에서 여자가 내려오기를 기다리는 동안, 시와 때를 가리지 않고 남자는 졸거나 잠을 잤다. 그런 남자에게 취한 듯, 홀

린 듯 여자도 잠을 잔다. 삼박사일을 택한 것은 잘한 일이었
다. 그들에게 휴식이 필요했다. 여행지는 늘 그 자리에 있을
것이다. 지구상의 큰 이변이 없다면. 볼거리에 그악스럽게 집
착하는 다른 두 쌍의 부부와 그들은 다르다. 휴양 도시가 여
행객들에게 제공하는 토산품들을 보고 또 볼 필요는 없다. 그
것들은 어디 가나 대충 비슷하다. 역시 휴식이 낫다. 전모가
잡히지 않는 한 남자와의 길고도 어색한 여행을 시작하기 위
해 여자에게 필요한 것은 잠이다.

　　이변 없이 신혼여행은 끝이 났고, 네 쌍의 신혼부부는 여
행사 직원이 보금자리라고 지칭한 각자의 집으로 돌아가기
위해서 공항에 나란히 서서 작별 인사를 했다. 남자와 여자가
신혼여행 가방을 푼 곳은 도심에서 그다지 멀지 않은 빌라라
는 이름이 붙여진 한 연립주택의 반지하다. 물론 그들은 비슷
한 가격대에서 좀더 작은 크기의 아파트를 빌릴 수도 있었고,
원룸이나 오피스텔을 찾을 수도 있었다. 그렇지만 그들은 좀
더 넓은 공간을 선택했다. 그럴 수밖에 없었다. 그것은 지방
에서 수시로 올라오기를 원하는 홀로된 어머니의 모든 특성
을 지니고 있는 남자의 모친, 여자의 시어머니를 위한 별도의
방을 남자와 그의 모친이 은연중에, 그러나 강력하게 요청했

기 때문이었다. 남자와 여자의 배타적 행복관이 받아들일 수 없는 것들이 있다. 예를 들어 자신들의 신방 침대에 시어머니가 누워 자는 일은 여자에게도 남자에게도 생각조차 할 수 없는 일이다. 마치 침실을 내주면 그들의 매끈한 침대에 잔금 하나가 더 그어지기라도 하는 것처럼, 행복 소유권이 침해되는 것처럼. 그래서 방 두 개짜리 반지하 전세는 매우 적절한 선택이었다. 빛이 적게 들어오고 아무 때나, 원할 때, 길가로 나 있는 창문을 열어놓을 수 없는 난점은 있었지만 길로 나 있는 곳은 욕실 쪽이고, 그들이 생각하기에 욕실에서 보내는 시간은 하루에 길어야 한 시간 정도다. 직장이 있는 그들에게 어차피 욕실이 필요한 때는 새벽이거나 한밤중일 것이므로 큰 단점은 아니다.

월세와 전세 사이에서 고민하다가 그들은 그곳을 전세로 빌렸다. 그들 존재의 은밀한 모든 문제들을 동시에 고려해야 하는 까다로운 결정이었다. 방 두 개에 작은 거실과 부엌이 구비된 반지하 아파트에는 최고급은 아닐지라도 매일 매일 일어나는 세상사와 완전히 단절되지 않을 최신형 모델의 텔레비전이 놓였고, 선물로 받은 인기 전기밥솥과 좁은 실내에 비해 큰 감은 있지만 앞면 전체가 원목인 두 짝짜리 장롱과 신세대풍의 기하학적인 무늬의 이부자리가 어질러진 침대가 모두 어렵사리 놓일 자리를 찾는다. 마땅히 둘 곳이 없어 부엌 쪽에 설치한 세탁기는 냉장고 바로 옆에 붙어, 공간에 비해 물건을 많이 적재한 곳에서 피하기 어려운 부조화를 연출해내고 있다. 그렇지만 이것이 여자가 선택한 길이었고, 그 길로 남자가 걸어 들어왔기에 그들은 대체로 만족한다. 물건의 부조화가 심리적이거나 존재적인 부조화를 야기하지는 않는 낙천적인 무심함은 이 부부 공통의 장점이다.

결혼식을 올리기 전에 여자는 한두 번 그녀의 부모가 하는 분식점에 들르던, 그녀의 부모가 "참한 남자"라는 데 동의하던, 한 번쯤은 얼굴을 보았음 직도 하지만 그 많은 손님의 대열에서 딱히 구별되어 기억되지 않는 그 추상적인 남자를 생각할 때가 있었다. 사실을 말하자면 신혼 초에도 그 생각이 완전히 그녀를 떠나지는 않았다. 그저 별다른 생각 없이 슬쩍 그런 생각이 들었다가 스러져갔다. 자신이 내린 선택과 결정에 대해 자신이 없을 때, 남자가 옆에 있지만 여전히 자신이 가는 길이 불확실하고 미래가 제대로 굴러갈지 궁금할 때 추상적인 남자는 구체적인 모습을 띠고 병풍의 그림처럼 그녀의 뇌리를 스쳐 지나갔다. 그렇지만 결혼식은 올려졌다. 그만하면 성대하게 올려졌다. 또한 눈치 보지 않고 그들만의 공간에서 그들이 선택한 시간에 나눌 수 있는 성생활은 높이 살

만한 것이었다. 또한 마음껏은 아니지만 내 소유의 물건과 내 소유의 공간을 관리하는 일은 꽤 재미있는 일이다. 확실히 혼자 사는 것보다 두 사람이 같이 사니 더 기운이 나며, 혼자 먹는 밥보다 두 사람이 같이 먹는 밥이 더 맛있다.

5

부부의 신혼 생활은 이렇게 활발하게 시작됐다. 변덕스런 높낮이가 있었지만 대체로 양호했다. 신혼의 남자는 무덤덤했지만 친절했고, 여자를 배려했으며 새로운 상황에서는 여자 마음에 들려고 노력했다. 다소간의 불화가 없지는 않았지만 서로의 입맛을 맞추어갔다. 불화는 주로 남자의 습관에 대한 것이었다. 잠버릇, 음식 버릇, 말버릇. 즉 거의 모든 버릇이 꼭 여자 마음에 든다고 할 수 없었다. 남자의 벗은 몸은 그다지 멋지다고 할 수 없었는데 남자는 어린아이라도 되는 것처럼 발가벗고 자는 것을 고집했다. 국물 종류를 먹으면 꼭 국물이 턱으로 흐르는 것은 남자를 칠칠치 못한 사람으로 만들었다. 자존심을 줄여 존심이라 한다거나 뚜껑을 뜨껑이라고 하는 예가 잘 보여주는 것처럼 남자는 몇 가지 옳지 않은 말 습관을 개성인 양 쓰는 버릇이 있었다. 그것은 남자를 우스꽝스럽게 만들었지만 여자는 지나가자, 고 마음먹었다. 남자는 여자가 질색하는 한두 가지 성생활의 습관을 가지고 있었는데, 그건 평소의 남자와는 전혀 다른 또 한 명의 남자를 생각하게 했으며 처음에는 순진하게 그런 것들이 재미있게 여겨졌지만, 급기야 여자는 남자의 과거를 의심하기에 이르렀다. 물론 여자는 그런 것을 일일이 말하지는 않는다. 그저 차곡차곡 기억 속에 기록해둔다.

여자의 신체와 연관된 부분들이 마음에 들지 않기는 남자 쪽에서도 마찬가지다. 남자는 자신이 소위 야하다고 하는 여자들을 좋아하는 취향이 있는 것을 결혼과 함께 분명히 여자에게 알릴 필요가 있다고 생각했다. 여자는 어느 정도는 그랬지만 그의 취향에 걸맞게 충분히 야하지는 않았다. 그것은 연습과 순종과 훈련의 영역이기에 시간이 필요하다는 것을 남자는 알고 있다. 반면에 어쩔 수 없는 부분도 있다. 남자는 몸 전체에 비해 빈약해 보이는 여자의 둔부가 마음에 들지 않는다. 그것은 남자의 모친이 강조한 여성미의 중요한 기준이라서 여간 신경 쓰이는 것이 아니다. 여자가 그리 태어난 걸 어쩌랴! 남자는 이성적인 편이다. 바뀔 수 없는 것이 있다. 그렇지만 마음에 들지 않는 것은 마음에 들지 않는 것이다. 특히 맨몸에서는 그 약점이 도드라져 여간 낭패가 아니다. 남자는 말을 하지 않은 채, 여자가 알아챌까 봐 그 불만을 다른 데서 나타낸다. 여자의 과민과 살림살이에 대한 욕심도 남자에게는 지나친 것처럼 보인다. 결혼 전과는 달리 여자가 음식을 유난히 밝히는 것을 보고 남자는 지레 겁을 먹는다.

말하자면 그렇다는 것이지 이런 불편함은 두 사람 사이에 깊어가는 친밀감에 비하면 아직까지는 큰 걱정 하지 않아도 된다. 취향, 취미, 기호, 미각같이 서로 부딪쳐 큰 이득이 없을 때 남자는 갈등을 적당히 숨기는 걸 선호한다. 여자가 마음에 들어 하지 않는 일은 혼자 하면 그만이다. 포르노 영화는 동료와 혹은 혼자 보면 되고, 여자가 지나치게 물건을 사들이면 그들 이름으로 발부받은 신용카드를 슬쩍 여자 지갑에서 빼내 가위로 잘라 동네 쓰레기통에 버리면 그만이다. 얼마 동안은 걱정할 것이 없다. 카드 재발급까지의 시간을 벌 수 있고 울컥울컥 치미는 과한 분노를 잠재울 수 있는 이중적인 이점이 있다. 쏨쏨이로 치자면 남자도 한몫한다. 다만 쓰는 방법과 내용이 다를 뿐이다. 이것은 차차 맞추어나가야 할 중요한 부분이기에 남자는 머릿속으로 치밀한 전략을 세운다. 남자는 대체적으로 이 모든 영역에서 기선을 잡고 있다. 다만 한 가지! 여자의 능란한 말주변은 객관적으로 평가해도 타의 추종을 불허한다. 그 부분에 대해 남자는 포기한다. 남자가 도저히 당하지 못하거니와 여자에게 말을 거는 법을 잘 배우지 못한 남자는 적당히 입을 다물고 결과적으로는 자기 방식대로 일을 처리하는 막다른 해결책을 택한다. 대신 남자에게는 강점이 있다. 거짓말의 재능이다. 남자는 대놓고 거짓말하지 않는다. 그건 그의 양심에 누를 끼치는 일이다. 다만 침묵하거나 해야 할 말을 하지 않거나 우회를 통해 자신의 목적을 이룬다. 역시 중요한 것은 결과다. 남자는 대부분의 사람, 대다수의 남자들이 자기처럼 살아간다고 생각한다. 불필요한 갈등과 까다로운 원칙으로 무장해 부대끼다가 공연히 병에나 걸리기 십상이다. 남자의 상식은 대체적으로 옳다고 판명나는 것들이어서 여자도 할 말이 없다.

여자로 말할 것 같으면, 그녀는 손에 넣을 수 없는 것에 대해서는 물건이건 사람이건 관심이 없다. 그녀의 실용적인 상상력은 거기서 멈춘다. 그녀는 손에 넣을 수 없는 것을 갈망하며 받을 크고 작은 상처를 짓이길 수 있을 만큼은 강하지 못하다. 그녀에게는 미련한 현명함이 있다. 그래서 백화점보다는 그보다 한 단계 낮은, 방금 문을 연 폭탄 세일, 깜짝 세일 같은 것을 기획하는 옆 동네 전철역 주변 상가를 더 좋아한다. 그곳에서 프라이팬 하나를 살 수 있는 돈으로 프라이팬 네 개 세트와 브래지어 하나를 사는 데 저녁나절이 지나간다. 시간이 어떻게 흘렀는지 알 수 없지만 상가가 하나둘 문을 닫을 때쯤에는 꼭 필요하지는 않지만 사는 데 기쁨을 준 물건이 든 비닐 백이 두 손 가득 존재감을 느끼게 해준다. 최소한 사나흘 동안은 사용할 때마다 재미나는 물건들이 집 안에 조금씩 쌓여간다. 싫증이 나면 한 달이나 두 달에 한 번 친정 부모나 시어머니를 만나러 갈 때 가져가 선심도 쓰고 그 대가로 용돈도 받아오는 이중, 삼중의 즐거움이 새로운 생활 습관으로 자리 잡는다.

주말에 남자와 여자는 지하철과 버스를 갈아타고 같은 색, 같은 디자인의 티셔츠와 바지를 입고 도시 외곽의 가구점과 아울렛을 전전한다. 그것은 그들의 총체적인 대화 방식이며 서로에 대해 길이 드는 연습장이기도 하다. 여자가 가구나 살림 도구에 관심이 있다면 남자의 정열은 패션이다. 결혼 전 남자가 한동안 파랑색을 드레스 코드로 잡았다면 결혼 후 남자는 하얀색에 집착한다. 흰 구두와 흰 바지, 흰 셔츠와 흰 속옷, 흰 팬티와 흰 양복. 남자는 점점 대담해지고 고급스러워지는 스포츠웨어에도 과감하게 투자한다. 아마도 일생 동안 진짜 필드에서 골프를 칠 기회는 없겠지만 골프웨어 앞에서 오래 머문다. 남자는 옷을 입어보는 취미를 통해 점점 세련돼 간다. 그는 시각적 미감이 발달한 사람이다. 그의 아내가 된 여자가 남들 앞에서 자랑스럽게 말하는 것처럼, 그에게는 색감이 있다. 하다못해 그는 직장의 유니폼까지도 맵시 있게 입는 센스가 있다. 남자는 여자에게 조언을 아끼지 않는다. 그 조언이 성공적인 것을 주변의 반응으로 확인하면서 그 방면에 닫혀 있던 여자의 눈썰미도 조금씩 열려간다. 그들은 각자의 취미를 존중한다. 축구장만큼 커 보이는 아울렛 안에 들어가 그들은 때때로 약속 시간과 장소를 정하고 각자의 취미를 따라 흩어진다. 그들은 이렇게 적재된 상품의 냄새에, 먼지에, 가능성과 한계와 그것이 불러일으키는 환상적인 도전에 취한다. 이런 유의 환상의 상투적 성격과 그 필연적인 반복성, 또 반복하면서 증폭되다가는 흔적도 없이 스러지는 욕망의 그래프를 그대로 따라 한다. 알면서도 다시 시작한다.

주말은 그들에게 너무나, 너무나 짧다.

그렇지 않아도 작은 반지하 아파트는 그들이 사들여오는

물건들을 적재하느라 더욱 협소해진다. 다음 단계로의 도약을 위해 집 구입은 필요하다. 그들은 오래 고민하지 않는다. 여자가 경리부에서 일한 경험과 남자가 주변 사람들에게서 주워들은 경험을 살려 내 집 마련 오 개년 계획을 세우기 시작한다. 정보를 입수하고 분석하고 비교한다. 여기서 입안자는 여자가 된다. 남자에게는 진정한 동기화가 부족하며 오 년 후에 실현 여부도 불분명한 일에 정열을 쏟는 게 뭔가 속는 듯하다. 여자는 몇 가지 긴급조치를 가동한다. 외식 금지. 조기 귀가. 물건 구입 금지. 불필요한 카드 해약. 절대 피임. 경조사 절제.

한 달이 지나가고, 두 달이 지나가면서 이 젊은 부부는 생활의 활기를 잃었다. 일찍 귀가한 그들은 할 일이 없다. 텔레비전 마지막 뉴스까지 기다리지도 않는다. 그들은 일찍 잠자리에 든다. 다행히 돈 안 드는 성생활이 있다! 결혼은 잘한 일이다! 그렇지 않았다면 그들은 값싼 숙소를 찾아 서울의 뒷골목이나 도시 외곽을 헤맸을 것이다. 대강만 계산해도 이 방면에서 결혼을 통해 그들이 가상으로 절약해 벌어들인 금액은 상당하다. 불행히도 그 돈은 자동적으로 그들의 통장에 들어오지는 않는다.

이 오 개년 계획에 남자보다 여자가 더욱 애착했던 만큼 여자가 조치 이행에 있어 더 단호했다. 남자는 그런 일에 매일의, 매주의 소소한 쾌락을 포기하려는 여자의 입장을 이해는 하지만 동의하지는 않는다. 다만, 내 집 마련은 인구가 줄고 있지 않은 현 상황에서 모든 국민의 재테크 방식이기에 상식적인 선에서 동의한다. 그렇다고 사족을 붙이지도 않는다. 이견에 대응하는 남자의 방식은 묵묵히 자신의 욕구를 따라가는 것이다. 남자에게는 남자의 계획이 있다. 그것을 위해 딴 주머니를 차는 일은 불가피하다. 그게 뭔지는 아내에게 밝히기 뭣하지만 그것을 위해서라면 일주일 정도 금식할 수도 있다.

　여자는 과감하게, 감미로우며 단조로운 일상의 쾌락을 박차고 일어난다. 여자는 퇴근 후의 상가 배회와 저녁나절의 텔레비전 시청을 용기 있게 끊는다. 여자는 정말 일하는 것을 좋아하지 않는다. 여자가 원한 것은 결혼식과 함께 직장을 그만두는 것이다. 그런데 부모뿐 아니라 모든 사람이 귀에 못이 박히도록 말했듯이 인생이란 바라는 대로 되지 않는다. 오히려 바라지 않는 대로 되는 확률이 더 크다. 궁지에 몰렸을 때마다 그랬듯이 여자는 돈벌이 될 일을 더 찾기로 한다. 여자는 전에 다니던 직장의 동료에게 전화를 건다. 그녀의 경리직 경험은 그 수준으로는 화려한 편이다. 우수 직원 상을 탄 적도 있다. 찾는 자에게 문이 열린다는 말대로 동료가 소개해준

곳은 그녀가 사는 곳을 지나치는 버스를 운영하는 작은 운송 회사다. 여자는 퇴근 후 집 앞을 지나쳐 종점까지 간다. 회사는 경리직원을 고용할 정도로 크지 않다. 필요할 때마다 재정 상황을 정리하고 문제가 불거지지 않게 관리해주는 사람이 필요하다. 안절부절 앉았다 일어섰다를 반복하는 사십 대 중반의 사장은 여자의 직관으로는 반 노름꾼이다. 그러나 순박한 얼굴의 사장이 여자 마음에 든다. 여자가 다니는 식품업 회사에서 받는 월급의 오분의 이 정도로 구두계약이 성사된다. 여자는 수시로, 시간이 날 때, 운수회사가 요청할 때 가서 일을 해주기로 한다. 일은 누워서 떡 먹기였고, 회사의 씀씀이로 보아 때에 따라서는 짭짤한 가욋돈도 넘볼 수 있는 엉성한 운영 체계를 가지고 있다. 새 일은 여자의 마음에 든다.

시간이 가면서 사장도 여자가 마음에 쏙 든다. 자신이 도저히 할 수 없는 일들을 그녀가 입안의 혀처럼 해내기도 했지만 가끔 말로 설명하지 않아도 참, 내놓고 요구할 수 없는 일들을 노련하게 알아차리고 장부 정리도 깔끔하고 그의 주머니도 두둑하도록 하루를 마무리해주는 능력이 여자에게 있다. 인색한 사장의 주머니를 풀어 보너스를 받아낼 정도로 여자는 그녀 특유의 달변으로 회사에 대한 진단과 조언을 아끼지 않는다.

그녀는 무조건 안 쓰고 0.01퍼센트라도 이자를 더 주는 은행과 금고와 신탁을 찾아 거의 일주일 단위로 돈을 굴리기를 마다하지 않는다. 통장의 금액이 그녀의 바쁜 이동만큼 기하급수적으로 올라가지는 않았지만 재미있는 일이다. 그들이 안 쓰고 안 먹고 안 사면서, 그들 월급의 거의 전액에 해당하는 돈을 이리저리 굴리고 있을 즈음에 그들을 깜짝 놀라게 한 예기치 않은 사건이 일어났다.

그러지 않아도 시어머니가 전화를 걸어 여자를 찾고 그녀를 "악아"라고 부를 때마다 여자의 등골에 오싹 한기가 지나갔고 자신이 무슨 벌레 같은 느낌이 들곤 했다. 그 "악아" 소리가 점점 더 빈번해지는 즈음에 이 일이 일어난다. 젊어도 노인은 노인, 아들에 관한 일에 노인은 초자연적인 직감을 지니고 있다. 너무도 상식적인 시어머니의 태도가, 이 대 독자를 둔 홀어머니의 당연한 반응이 왜 여자의 신경을 그토록 자극하는지 그녀 자신 알 수가 없다. 부분적으로 그건 시어머니가 그녀를 그렇게 부를 때의 독특한 어조 때문이다.

"악아, 아가는 언제 만들 거니, 응?"

갑자기 가늘어지고 부드러워지는 어조로 발설된, 시어머니의 질문을 가장한 강력한 명령은 예외 없이 여자의 뒤통수에서 머리카락 몇 올이 솟구치게 할 정도로 힘이 있다. 시어머니는 며느리를 다그치려는 마음을 억지로 누그러뜨리며, 애써 지어낸 친밀감과 부풀린 애정의 감정을 짜내어 독특한 억양으로 조르듯이 말한다. 여자는 시어머니 못지않은 연극적 어조로 비음을 섞어 답한다.

"글쎄 말이에요, 어머니. 매일 밤 그이하고 애쓰고 있어요."

시어머니는 시어머니다운 문장을 발설하는 발화 연습을 하고 있다. 여자는 며느리다운 어투로 의사소통법을 익히고 있다. 말은 늘 현실보다 설득력이 있다. 그렇게 말로 연습하다 보면 그것은 자주 실제 삶이 되곤 하기 때문에 여자는 그런 날이면 부산한 마음으로 생각에 잠긴다. 한 오 분쯤.

'이러다 정말 애가 들어서면 어쩌나.'

물론 실감이 나지 않는다. 실감하고 싶지 않다. 아직은. 여자의 뇌리 한쪽에 아이를 핑계 삼아 시도 때도 없이 시골에서 올라올 젊은 노인의 활력적인 모습이 슬쩍 스쳐 지나간다. 아기로 인하여 뻔뻔스러워질 수도 있는 노인의 적나라한 태도를 상상하며 여자는 소스라치게 놀란다. 평소 시어머니에 대해 의도적인 악감정을 가지고 있지 않은 자신이 이 아기 문제에 대해서는 왜 신경이 이토록 곤두서는지 알 수 없다. 이건 좋은 징조가 아니다. 아무것도 기댈 원칙이 없는 그녀는 가끔 검증할 수 없는 이런 징조가 결정적 단서라도 되는 것처럼 매달려 중요한 결정을 내리곤 한다. 때론 그것이 맞는 경우도 있었고 때로는 그로 인해 참패를 보기도 한다. 주로 참패였지만 이 습관은 쉽게 없어지지 않는다. 참패가 그녀를 더 현명하게 만들지 않는다.

물론 아기는 앙증맞고 예쁠 것이다. 앙글거리는 아가 앞에서 녹지 않을 사람은 없을 것이다. 그렇지만 이이는 하루 종일 시도 때도 없이 앙앙 울부짖으며 한참을 아기로 남아 있을 것이고, 여자가 감당할 수 없는 힘으로 젖을 빨아대, 마치 빨대로 온몸의 영양분을 모조리 빨아들이는 기계처럼 그녀의 힘을 바닥낼 것이다. 여자는 아기를 겁주는 동물로 상상한다. 그녀는 조금씩 고개를 가로젓기 시작한다. 동물은 사라지고 영상 하나가 들어서 어지럽게 흔들린다. 빈집 장롱에 갇힌 깊은 정적. 잠이 깬 한 어린 소녀의 싸늘한 가슴, 그게 누구인지 여자는 알 수 없다. 실제 일어났던 일인지 아닌지도 확실치 않다. 여자는 두 손을 마주 잡고 눈을 감고 꼼짝없이 빈집에 앉아 있다. 온 힘을 짜내어 여자는 고개를 좌우로 흔든다. 점차 더 가속적으로.

"안 돼, 절대. 적어도 지금은!"

서서히 구체적인 생각이 여자를 현실로 데리고 온다. 안심한다. 무서운 아기, 차가운 빈집의 감각, 깊은 정적이 사라진다. 여자는 직장을 그만두어야 할 것이다. 최소한 몇 년간은 꼼짝도 못 하고 이 반지하에 갇혀 있어야 할 것이다. 그들이 시작한 오 개년 계획을 전면 수정해야 할 것이다……. 그녀는 결정적으로, 굳세게 딱 한 번 고개를 흔든다. 이성적으로 객관적으로, 현실적으로 생각해본다. 지금은, 아이가, 태어날, 시점이, 아니다.

여자가 그렇게 단호하게 고갯짓을 할 때 그녀는 모르고 있었지만 아이는 이미 그녀의 자궁벽에 달라붙어 세상으로 난 출구를 향해 낮은 포복을 준비하고 있었다. 더 정확하게 말하면, 생명체는 그녀가 빈 버스의 창가에 앉아 버스가 집 앞의 정류장을 지나치고 그녀가 일하게 된 버스 운송회사로 향하던 그날 아침, 그녀 몸을 택해 심어져 있었다. 그녀의 하루는 두 가지 일자리로 바빴다. 왜 아이에 대한 생각이 그녀에게 떠올랐는지를 생각해볼 마음의 여유가 없었다. 그런 생각을 했다는 것조차 까맣게 잊고 시간이 빠르게 흘러갔다. 그래서 월경이 멈춘 것도 한참 후에나 알아차렸다. 약국에서 구입한 시약에 의하면 여자는 임신 중이다. 동네의 산부인과에서는 임신 사 개월을 선고한다. 직장 근처 종합병원의 산부인과에서도 기적은 일어나지 않는다. 동일한 결과다. 임신 사 개월. 여자는 두 번 다 의사의 권유를 거절하고 고집스럽게 초음파 화면에서 고개를 돌린다.

병원을 나오면서 여자는 행인들을 유심히 바라본다. 자신에게 던져진 난해한 문제의 해답을 그들 속에서 찾아보려는 급박한 마음으로. 천천히 걷는 여자를 빠른 걸음의 행인들이 스치고 건드리고 윽박지르며 지나쳐 간다. 그렇다, 다들 그렇고 그렇게 살아간다. 고개를 세우고 두 손을 휘저으며 행여나 몸과 몸이 부딪치기라도 하면 살인이라도 저지를 듯 도끼눈을 준비해 상대방에게 꽂는 저들도 모두 여자와 같은 과정을 한 번쯤은 거쳤을 것이다. 살아가는 데 별 똑 부러지는 묘안은 없다. 다 그렇고 그렇게 살아간다. 기적적인 삶은 없다. 어떤 행인도 그녀를 위로해주지 않는다.

여자가 찾는 얼굴을 한 행인은 그날, 그녀 옆을 지나가지 않는다.

오후 회사에 병가를 낸 여자는 일찍 귀가한다. 실내는 다른 집보다 한두 시간 먼저 어두워진다. 여자는 무너지듯 소파에 앉는다. 저녁 준비도 생략하고, 불도 켜지 않고 점차 검어지는 실내에 앉아 있다. 남자를 기다린다. 남자와 의논하는 절차를 건너뛸 수는 없다. 같이 벌인 일을 혼자서 수습하는 건 부당하다. 현관 쪽에서 열쇠 묶음이 부딪쳐 내는 쇳소리가 들린다. 문이 열린다. 남자가 들어온다. 어슴푸레한 실내에 더듬거리며 발을 들여놓는 남자에게 여자는 급박한 목소리로 불을 켜지 말라고 외친다.

남자가 옆에 자리 잡고 앉자 여자는 자신의 몸 안에서 일어난 사건을 간단히 보고한다. 그리고 자신의 결정을 알린다. 설득할 필요도 없다. 일방적으로 통고한다.

"아이는 또 만들 수 있어. 지금은 아냐!"

여자의 실토를 듣고 남자는 말없이, 가만히 앉아 있다. 남자가 무언가 말하기를 기다리며 여자도 침묵한다. 고개를 돌려 여자가 바라본 남자의 얼굴은 무표정하다. 남자는 비판하지 않는다. 피임을 제대로 하지 않은 책임을 묻지도 않는다. 다만 끙! 신음 비슷한 소음을 내며 여자의 명령을 어기고 실내 불을 켠다. 바로 그때, 부엌 쪽에서 기어 나온 제법 큰 바퀴벌레 한 마리가 고개를 숙인 채 바닥에 시선을 고정시키고 앉아 있던 여자의 발 바로 옆을 스치듯 지나간다. 여자는 두 발을 들어 올리며 기겁을 해 벌레를 가리키며 소리 지른다. 악, 아악! 남자는 급히, 방금 벗어놓은 구두 한 짝을 집어 들자 앞뒤 살피지 않고 벌레 위로 온 힘을 다해 내려친다. 됐다. 남자가 신발을 집어 들자 바닥에 벌레가 짓이겨져 있다. 벌레 몸에서 비어져 나온 희뿌연 액체가 벌레 몸체를 두르고 있다. 남자는 화장지를 여러 겹으로 말아, 짓이겨진 벌레와 미끈한 느낌으로 감지되는 벌레의 체액과 구두에 이겨진 벌레 자국을 꼼꼼하게, 느리게 느리게 씻어낸다. 깊은 생각에 잠긴 듯, 완전히 방심한 듯. 변기 안에 화장지 뭉치를 던져 넣고 물을 내린다. 서 있는 남자와 앉아 있는 여자는 서로의 눈빛을 살피다가 용기를 내어 서로를 똑바로 쳐다본다. 아무 말 없이 눈빛으로 동의를 표한다.

결정의 시간은 매우 짧았다. 1.8킬로그램짜리 가루 세제와 증정용 팩까지 포함해 2.3킬로그램이 되는 세제의 가격을 비교하고 둘 중에 하나를 선택하는 시간, 혹은 후드가 달린 조끼와 후드 없는 등산용 방수 조끼 사이에서 망설이는 시간보다 훨씬 짧은 시간. 누적된 물건들의 세상이 그들에게 확신을 심어준다. 생산은 늘 가능한 것이며, 물질과 생명체 사이에 존재하는 생산의 방식 사이에 차이는 미미하며, 종국에 그 차이는 소멸할 것이다. 경험적 추정이 그들의 빠른 결정을 도왔다.

마침내 다시 고요가 찾아왔다. 매우 무거운 망각과 회피의 고요한 저녁이 시작됐지만 시간이 분쇄하지 못하는 것은 없다. 늦은 저녁에 텔레비전의 볼륨을 최대한도로 높이고, 배달시킨 음식으로 늦은 저녁식사를 마치고 나니, 실수처럼, 밤이 와 있다. 그들은 취침을 준비하고 천장의 불을 끈다. 좀 전까지만 해도 푸르스름하게 드러나던 사물의 모서리들이 흔적 없이 사라진다. 무서움이나 극한의 경험에는 관성이 붙는다. 무서움은 더 큰 무서움으로 지워진다. 그렇게 해서 어느 날 무서운 것이 없게 된다. 관성은 새끼를 친다.

6

    수술은 순조롭게 이루어졌다고 말할 수 있다. 그러나 과정이 순조로웠다고 말하기 어렵다. 아무에게도 발설할 수 없고 조언을 요청할 사람도 없는 상황에서 수술 당사자인 여자는 당황했고 몸에 탈이 날까 포기하고 싶었으며 몇 병원을 돌고 난 후에는, 그녀를 괴롭힌 불친절한 병원의 위선을 고발하고 싶었다. 부부는 한 번도 발을 들여놓지 않은 동네, 그들이 사는 곳에서 멀리 떨어진 도시 외곽으로 멀리 멀리 나아갔다. 마치 주말 산책을 하듯이 불안한 손을 맞잡고 앞으로 앞으로. 겨우 이름으로만 알고 있는 소도시에 다다라 그들은 멈추었다. 여자는 맨 처음 허름한 건물 꼭대기 층에 자리 잡은 한 산부인과를 택한다. 친구나 여자 동생을 팔아서는 얻으려는 정보가 나오지 않는다. 여자는 여러 병원을 방문하면서 수술에 관련한 기술적 정보를 수집하고 비용을 비교하고자 했지만 마음대로 되는 일이 없다. 여자는 의심을 받았고, 한두 병원의 의사는 강력히 수술을 만류하면서 생명 경시가 가져올 인류의 어두운 미래에 대해 위협적인 잔소리까지 늘어놓았다. 인류의 문제까지 생각할 여가가 여자에게는 없다. 다시 시작한다. 이번에는 서쪽 소도시로 간다. 남편과의 동행이 불가피하다. 아이를 낳아 키울 수 없는 가상의 가난과, 부양해야 하는 가상의 불구자 부모를 만들어 설득을 시도했고, 병원 측이 요구하지도 않은 약속을 했다. 재범을 저지르지 않을 것이며 가까운 미래에 출산을 위해 다시 찾아올 것이라는 너도 나도 믿지 않는 약속들. 우여곡절 끝에 그들은 마침내 인근 병원을 소개받는다. 멀리 이 소도시로 온 것은 잘한 일이다. 다른 곳에서는 더 많은 시간이 걸렸을 것이다.

다시는 지나갈 가능성이 희박한 소도시의 대로변 빌딩 오층에 소개받은 산부인과가 떡하니 위치하고 있다. 병원의 상쾌한 외관은 남자와 여자에게 좋은 인상을 심어준다. 그녀가 올려다보았을 때 병원은 여자에게 손짓하는 듯했다. 들어와,

올라와. 누워, 눈감아. 끝이야! 그들은 속죄하는 마음으로 엘리베이터를 피해 또박또박 비상 통로의 가파른 층계를 밟는다. 병원 문을 열고 들어간다. 비어 있는 대기실의 간호사는 친절하며, 아침 일찍 진료를 준비 중인 담당 의사는 편안한 표정으로 그들을 나란히 앉힌다. 남자와 여자는, 여러 번 반복하느라 이제는 거의 현실이 된 자신들의 비참한 사연을 소개할 필요도 없다. 보호자이자 남편인 남자의 서면 동의서도 필요 없다. 남자의 구두 동의, 남자의 동행만으로 충분하다. 거두절미하고, 수술 시간이 잡힌다. 병원에 오래 머물 필요도 없다. 혈압과 청진기만으로도 여자의 몸 상태를 알 수 있다. 양호하다. 이 정도의 수술이 부작용을 일으키지 않을 만큼 충분히 건강하다. 수술 준비는 신속하게 이루어질 것이며, 남편되는 분은 죄송하지만 인근 다방에서 기다리는 것이 좋다. 원한다면 볼일을 보고 오후 늦게 와도 좋다. 여자가 간호사와 함께 커튼 뒤로 사라지고 남자는 홀로 병원을 나온다.

남자는 거리 끝에 자리 잡은 '봄' 다방에서 기다리기로 한다. 잊히지 않을 단순한 다방 이름이 마음에 걸리지만 여자가 누워 있는 병원이 바라보이는 곳은 그 다방밖에 없다. 남자에게는 무관심한 침착함이 있어서 설령 여자가 반죽음 상태로 층계를 내려온다고 해도 별다른 충격 없이 여자를 맞이할 준비가 되어 있다. 남자는 뭐가 뭔지 모르는 멍한 상태로 기다린다.

오십 대로 보이는 의사의 지시에 따라 앳된 발음으로 답하는 이십 대의 간호사는 여자를 수술실로 안내하고 커진 목소리로 명령한다. 수술복으로 갈아입으세요, 누우세요, 기다리세요. 수술 비용을 충당하기 위해, 시작한 지 얼마 되지 않은 적금을 해약했다. 그 유일한 난점을 빼면 수술은 신속하게 부작용 없이 끝난다. 신체적으로 특기할 만한 고통도 없다. 다만 마취에서 깨어날 때 길고도 노란 길이 끝도 없이 눈앞에 만들어졌다 사라지기를 반복하며 현기증을 일으키는 영상을 제외하고는. 눈만 감으면 까부라질 것처럼 그녀에게 달려드는 이 노란 길의 영상에 대해 의사에게 고통을 호소했지만 의사는 별다른 주의를 기울이지 않고 회복실로 보낸다. 마취에서 수술을 거쳐 마취가 풀리는 모든 절차는 긴 설명 없이, 착착, 문제없이 진행된다. 수술복을 평상복으로 갈아입으면서 여자는 이유 없이 울먹거린다. 그래도 몸을 추스르자마자 곧 오뚝이처럼 일어섰다. 남자가 올라오기 전에 여자는 층계를 내려가 다방 '봄'에서 남자와 합류한다.

사 개월이 넘은 생명체를 감쪽같이 지웠으니 부작용이 아주 없을 수는 없다. 여자는 뻐근한 아랫도리의 통증과 간헐적인 하혈이 지속되는 동안, 시도 때도 없이 청승스레 흐느꼈다. 얼마 지나지 않아 증상은 사라졌지만 자신도 모르게 멍하니 넋을 놓고 있다가 상사에게 지적을 당하는 일이 잦았다. 길고 노란 길 대신 이상한 환청 현상이 나타났다. 남자에게 까다롭게 굴다가도 그가 또 무섭기도 했다. 그녀는 꿈을 꿀 정도로 몸이 한가한 사람이 아니었는데 그즈음 악몽도 심심치 않게 꾸었다. 길에서 사람들의 시선이 자신에게 머물면 여자는 재빨리 고개를 숙이고 그 앞을 지나갔다. 모든 사람이 그녀가 얼마 전에 저지른 일을 다 알고 있는 것 같아 그녀는 점점 더 사람이 많은 장소를 선호한다. 군중은 여자가 자신을 잊는 데 도움을 준다. 다행히도 그녀의 몸은 곧 회복된다. 남이 알아차릴 만한 어떤 흔적도 없다. 그녀가 한 일이 이마에 쓰여 있지도 않다. 어떻건 그녀는 회복된 몸의 힘을 확실히 믿는다. 그래서 일단 그 사건은 마무리된 것으로 치부한다.

딱 한 번 모든 것을 접고 고층 건물의 옥상에서 뚝 떨어져 죽고 싶은 생각이 그녀를 사로잡는다. 깜짝 놀랄 일이었다. 그렇다고 알맞은 옥상을 찾아 나설 정도의 적극적인 충동으로 발전하지는 않는다. 한두 번 발작적으로 병원으로 달려가, 수술 후 죽은 아가는 어떻게 처리되는 거냐고 의사에게 소리치며 항의하는 자신을 상상했지만 상상은 늘 상상으로 그친다. 적발되지 않은 살인은 살인이 아니라는 걸 누구나 다 안다. 그리고 그건 정말 병원에 가서 그녀가 소리치며 따질 일이 아니다. 여자는 차츰 잠잠해지고, 남자와 여자 사이에 시끄러운 논쟁거리의 소지가 있는 이 사건을 남자는 멀리서 에둘러 따라갔기에, 마치 제삼자에게 일어난 일처럼 여자의 모든 변덕스런 반응 앞에서 담담하다.

어찌 보면 그들은 오히려 대담해진다. 한 생명을 마음대로 만들고 또 사정에 따라서 처분할 수도 있다는 생각이 그들을 그 전과는 다른 사람으로 만든다. 그들이 고개를 들어 바라본 하늘에서 벼락이 떨어지지도, 그들이 시시덕거리며 팔을 끼고 귀가하는 길에 땅이 갈라져 그들을 삼키지도 않았다. 지진은 다른 나라에서 일어났고, 여자 부모가 근근이 이어가는 산 밑의 분식집에 난데없이 쏟아진 초가을 폭우 속의 벼락은 분식집에서 멀리 떨어진 노송을 반 조각 냈을 뿐이다.

남자도 여자도 젊다. 그녀는 '그 사건'에 대해 아무에게도 말하지 않았다. 할 수 없었다. 특히 시어머니가 눈치채지 않도록 만사에 조심해야 한다.

"문제는 당신. 이건 절대 비밀이야. 무덤까지 가지고 가야 하는 우리 둘만의 비밀!"

사실 남자는 그 일을 금방 잊었다. 얼굴도 모르는 먼 친척

아이의 사망 소식같이 추상적인 그 생각에 오래 머무르기에는 잡히는 것이 하나도 없었기 때문이다. 뭔가 근본적으로 찝찝하기는 하다. 그러나 그건 이미 결정해 완결된 것이고 무엇보다 여자가 얘기했듯이 결재가 난 서류처럼 돌이킬 수 없는 일이다. 한두 번 직장 동료를 끌어당겨 술을 마시고 거의 인사불성이 되어 새벽에 귀가했지만 그것이 다다. 여자에게 다시는 인사불성 상태로 만취해 귀가하는 일이 없을 것이라고 약속했고, 또 여자는 그 정도의 이례적인 늦은 귀가를 이해 못 할 정도로 꼭 막힌 여자는 아니다. 남자가 뭐, 쌍벌죄를 저지른 것도 아니지 않은가. 남자는 기억 속에서 그 일을 아예 지워버린다. 그 자리에 곧 다른 생각이 자리 잡는다. 남자는 골치 아픈 문제가 일어날 때는 술을 진탕 마시고 자버리는 타입이다. 그에 대해 왈가왈부하는 건 딱 질색이다. 그런 일도 드물었지만 가끔 여자가 말다툼 거리를 찾아 깐죽이면 남자는 이미 코를 골고 있다.

　"글쎄 그런 남자야, 글쎄!"

　여자가 드물게 친구들을 만나 수다를 떨 때 자주 입에 올리는 남자의 일면이다. 모인 여자들의 남편도 하나같이 그런 습관이 있다고 했다. 글쎄, 그런 남자였다, 그는. 모든 남자들과 다를 바 없는 평범한 남자.

남자가 바라는 것도 평범한 것이었다. 사실은 그도 좀더 개성적인 취미를 하나 정도 개발할 생각을 가져왔다. 기상천외한 것, 그만이 가질 수 있고 또 실현 가능한 것. 그러나 남자는 겁이 많은 편이다. 그래서 그의 취미도 진부하다. 어느 날 일생을 지치지 않고 추구할 만한 취미가 떠올랐고, 우연한 기회에 마음에 와 박혔다. 남자의 상상은 멀리 가지 않는다. 진부하게도 자동차 부품 제조회사 직원답게 자동차다. 여자가 갈망하는 집값을 통 크게 상회하는 외제 스포츠카. 몇 해 전, 갑작스럽게 떠나야 했던 출장길에 남자는 회장의 접대용 차를 탄 적이 있다. 직원들과 함께 고속도로를 달릴 때의 스피드 감각에서 환상이 태어났다. 다른 모든 남자들과 별반 다를 바 없이. 그는 발견한 취미를 갈고 닦을 것이며 그에 대해 탐구할 것이며 지속적으로 열망하며 언젠가는 구입할 것이다. 상상적 쾌감은 남자의 근육을 단단하게 했다. 가상의 속도로 심장에 뚫려 있던 구멍 하나가 순간적으로 메워진다.

남자가 여자 몰래 용돈을 모으기 시작한 건 오 개년 계획이 수립되던 즈음이다. 집 장만에 혼신을 다하는 아내에게 말해야 소용없다. 이건 개인적인 취향에 관한 일이다. 소형차도 중고차도 탈 만큼 탔다. 국산차도 승용차도 신물 날 만큼 탔다. 남자는 여자가 서둘러 싸준 짜증 나는 도시락을 불평 없이 먹는다. 남자는 자동차 정보통이 돼간다. 지식이 쌓이면서 취향도 전문화된다. 스포츠카! 람보르기니, 부가티, 페라리……의 모델명과 특징을 남자만큼 잘 알고 있는 사람은 회사 안에 없다. 국내에도 카 컬렉터들이 있다. 남자는 그 사람들의 이름도 수첩에 적어두고 있다. 그들이 가지고 있는 차의 목록도 어느 정도는 알고 있다. 그는 시간이 날 때마다 몇 안 되는 외제차 딜러나 렌터카 회사에 들른다. 그곳에서 최신 정보와 카탈로그를 조달받는다. 남자는 고가의 조립용 미니어처 스포츠카를 수집하기 시작한다. 정교하고 앙증스러운 것들이 꽤 값이 나간다. 그러나 그것들은 실물 차처럼 되팔 수도 있다. 모형차를 통해 실물 차를 연구한다. 스포츠카 하나하나의 세부 특징들을 당장 그 차들을 구입할 사람처럼 꼼꼼하게 눈여겨본다. 스포츠카 전문 카탈로그를 밤늦게까지 뒤적이고 이제 겨우 알아내기 시작한 해외 인터넷 사이트의 고정 방문객이 된다. 영어를 잘할 필요도 없다. 그곳에서 많은 지식도 필요 없다. 그냥 들여다보면 알게 돼 있다. 숫자와 부속명은 단순 명료하다. 남자는 낮에 회사에서 존다. 스산한 낮잠 속의 꿈은 늘 유사하다. 남자의 환상은 헤비메탈적이다. 시속 삼백 혹은 사백의 속도로 달린다. 새벽 혹은 황혼 속의 광야를 굉음을 내며 광속으로 달린다. 광야는 더 이상 지구가 아니다. 우주 속이다. 무중력 속이다. 음속으로 광속으로 그는 직장에서, 가족에게서, 한국에서, 지구에서 멀어진다. 질주의 끝이 어딘지 물론 남자는 알 수 없다. 그냥 달린다.

남자가 회사 돈에, 눈에 띄지 않을 정도의 미미한 금액에 손을 대기 시작한 것은 여자가 자궁 속의 생명체를 들어낸 지 얼마 지나지 않아서다. 처음에는 매출 장부를 정리하다가 실수로 숫자 하나를 틀리게 기재하면서 시작됐다. 수정하고 도장을 찍으면 그만인데 그날 남자는 그렇게 하지 않았다. 잘못 기재된 숫자의 차액을 빼돌렸다. 손에 들어온 돈을 남자는 곧바로 처리하지 않았다. 남자가 비밀번호 8181로 관리하는 자동차 구입 계좌에 넣지 않았다. 남자는 이런 돈은 치밀하게 처리한다. 먼저 현금을 집 장롱 위 상자에 넣어둔 학교 졸업 앨범 사이에 숨겨두었다가 월급날이 지난 후 통장에 입금한다. 돈은 소리치며 자기의 정체성을 밝히지 않는다. 돈은 다 똑같이 생겼다. 상당 기간 한 가지 일에 종사한 사람이 가질 만한 직감으로 남자는 거액에 손을 뻗지 않는다. 남자는 늦게까지 일하기를 마다하지 않는다. 수당도 있지만 그게 마음이 편해서다. 어떻건 빼돌린 금액에 상응하는 보충 근무는 남자를 떳떳하게 해준다. 여자의 수술 후 다소간 서먹해진 서로의 얼굴을 마주할 시간을 줄이는 것도 그리 나쁘지 않다. 남자는 자신의 비밀을 여자에게 말하고 싶은 충동을 자제한다. 남자는 늦게 귀가하고 일찍 출근한다. 신문을 보면서, 뉴스를 들으면서 세상의 무수한 사고 소식을 들으면서 남자는 생각한다. 그가 빼돌리는 금액은 알량하다. 그가 환상 속에서 구입하는 차의 가격에 비하면 미미하다.

7

여자는 남자보다 주변이 좋다고 자부하며 잔머리도 꽤 굴리는 편이다. 이제 이십 대 후반을 향해 가는 여자의 몸은 열대지방 소나기 후 밀림에 피어나는 안개처럼 뽀얘진다. 한 달, 반년, 일 년, 이 년이 지나간다. 남자는 출장도 잦고 귀가도 늦다. 여자는 더 나은 수입을 위해 뛰는 남자를 이해한다. '그 일'이 있은 후 잠시 서먹한 관계가 된 것은 사실이다. 그렇다고 두 사람의 관계가 나빠진 것은 아니다. 오히려 그들은 육체적으로 친밀해지며 더 탐구적이며 학구적이 되고 한껏 더 모험적이 된다.

이 년 만기 적금의 마감 일자를 한 달 앞두고 여자의 과도한 근검과 절약의 정열은 다소간 하향기를 맞는다. 시작했을 때는 커 보이던 금액이 이 년이 지난 지금 초라해 보이며, 그들이 다다라야 하는 지점은 점점 뒤로 물러간다. 그것이 일반적인 많은 사람들에게 적용되는 경제법칙에 다름 아니라는 것을 부부는 알게 된다. 그래서 좀더 통 큰 적금, 간 큰 이자율 주위를 어슬렁거린다. 젊은 부부답게 그들은 뭔가 화끈한 것을 원하지만 복권도 경마도 그들 편이 아니다. 스포츠 하나 제대로 하는 것 없지만 스포츠에 열광하는 남자는 스포츠 복권에 큰 기대를 건다. 여자와 남자는 번갈아가며 복권 사기를 게을리 하지 않지만 재미를 보지 못한다. 결혼식을 올리자마자 들어둔 주택청약적금의 차례가 갑자기 다가올 리 만무하다. 덜컥 걸려도 걱정이다. 대형 평수를 소화할 준비가 아직 되어 있지 않다. 기적은 없다. 그들 손에 수고하지 않은 목돈이 굴러들어오지 않는다. 그들은 빈곤하지는 않지만 그들의 통장은 변함없이 빈약하다. 그들을 늘 껄떡거리게 만드는 세상에 짜증이 나 있다. 목돈을 던져주지 않는 세상이 남자도 여자도 지루하다.

허기질 때 과식하듯 여자의 화장과 입성이 한 단계 더 대담해진다. 화끈해진다. 여자 안에 여자 아닌 누군가가 쓰윽

들어와서 활개 치기 시작한다. 자유와 미와 해방의 이름으로. 남자는 마초가 아니다. 남자는 여자에게 대놓고 자신의 은밀한 환상과 취향을 요구한 적이 없다. 각자의 입맛이 다른 법이다. 남자가 여자에게 요구하지 않듯이 여자도 남자에게 요구할 권리가 없다. 예를 들면 남자가 여자의 음식을 탓한 적 없다. 입맛과 취향, 이건 이 부부에게 아주 중요한 것이다. 다행히 남자는 똑똑한 여자를 잘 선택했다. 여자는 남자의 취향을 직관적으로 알아챈다. 남자의 취향에 맞춘다. 남자의 취향은 여자의 취향이 된다. 때로 그 반대도 없지 않다.

여자는 가끔 도를 넘기도 한다. 처음에는 '혹시나' 하며 주변 사람들의 눈치를 봤지만 그럴 필요가 없다. 직장 사람들은 모두 '오호!' 하는 시선으로 여자를 쳐다본다. 눈초리가 날카로워지며 묘한 반응을 보이는 여자들은 대부분 중년의 상사들이지만 신경 쓸 필요는 없다. 그들은 숫자적으로 열세다. 불평 빼놓고는 그들이 휘두를 권력도 없다. 그들도 한 번 정도는 자기와 같은 차림을 하고 싶어 한다는 것을 여자는 알고 있다. 그러나 너무 늦었다. 그녀들은 너무 늙었다. 여자는 다짐한다. 늙어도 절대 저렇게 궁상스럽게 되지 않으리라고. 만약 저 정도 나이까지 살기만 한다면!

남자가 당직 근무거나 출장을 가는 주말에 여자는 산 밑 분식집으로 부모의 일을 도우러 간다. 노년을 향해 직진하는 노부부 대신 눈에 번쩍 뜨이는 젊은 여성의 서비스를 대부분 남자 등산객인 손님들은 월등하게 선호한다. 그건 누구나 아는 상식이다. 그것이 부모가 가끔 딸을 부르는 이유 중의 하나다. 사실 결혼 후 딸이 '하고 다니는 꼴'이 부모의 마음에 썩 들지 않지만 출가외인에게 잔소리할 수도 없다. 깔끔하고 세련된 사위는 또 고상한 사돈은 딸을 어떻게 볼까, 부모는 마음이 불안할 뿐이다. 어떻건 결혼하고 딸은 변했다. 딸은 싹싹함을 연기하며 잰걸음으로 식탁 사이의 좁은 통로를 부산하게 왕래한다. 부모는 주말 한때, 넘쳐나는 손님들을 씩씩하게 처리하는 딸, 시집 간 후 더 활달해지고 더 화려해진 딸에 대한 걱정을 접기로 한다.

분식집의 단골 중의 한 남자도 가만히 여자를 관찰한다. 남자는 식당 주인의 딸을 못 알아볼 뻔했다. 몇 년 전 한가했던 오후 여주인이 손수 만든 달걀말이를 남자 앞에 가져다 놓으며 자랑을 늘어놓던 그 딸. 그도 한두 번 본 적이 있는 그녀는 자신을 잠시 빌려주듯 무심하게 부모의 심부름을 돕던 소녀에 가까운 외모였다. 그 딸과 저 앞에서, 손님들 사이를 춤추듯 돌아다니는 여자 사이에는 아무 상관이 없어 보인다. 여주인이 지나치면서 말해주지 않았다면, 여주인이 그토록 자랑해 마지않던 딸을 알아보지도 못했을 것이다. 짧은 시간에 못 알아볼 정도로 변신할 줄 아는 여자들이란 참 신기하고 신비하다. 손님은 전과 후의 차이에 넋을 잃는다.

여자는 누군가가 자기를 바라보는 것을 알고 있다. 자신을 골똘히 쳐다보던 젊은 남자가 저만치 혼자 앉아 있다. 주문한 음식이 준비되었다. 모친이 건네준 특별히 준비된 음식 쟁반을 보고 여자는 그 남자가 모친이 언젠가 얘기한 적이 있는 바로 그 단골임을 알아차린다. 단골이 좋아한다는 달걀말이. 어렴풋한 기억으로 여자의 모친이 지루하고도 고루한 몇 개의 단어로 칭찬하던 그 단골이라는 남자의 존재가 떠올라온다. 한두 번 보았을지도 모르는 단골을 여자는 기억하지 못한다. 군청인지 도청인지 어떻건 탄탄한 직장을 가지고 있으며 여자의 부모가 아들처럼 믿을 수 있는, 상처를 주고 도주한 아들보다도 더 든든하다는 청년. 모친이 분명한 소망과 의도를 가지고 딸에게 제공한 여러 엇갈린 정보로 여자가 떠올려본 상상 속의 남자와 현실의 이 남자는 닮은 곳이 없다. 눈앞의 단골은 청년이라고 부르기에는 늙었다. 날카롭고 무거우며 까다로운 인상을 여자에게 전달한다. 여자는 쟁반을 들고 단골 남자가 앉아 있는 테이블로 간다. 남자는 무표정하게 앉아 식탁의 한곳을 집중해서 바라본다. 그 식탁 위로 여자의 손이 바쁘게 오간다. 남자가 주문한 음식과 반찬이 쟁반에서 식탁으로 내려온다. 남자의 무심하고 고정된 시선은 여자를 불편하게 한다.

쟁반을 비우고 서둘러 돌아설 때, 방금 내려놓은 젓가락 한 짝이 바닥에 떨어진다. 여자가 젓가락을 주우려고 무릎을 굽혀 앉은 바로 그때, 두고두고 불쾌한 작은 사고가 일어난다. 식탁 모서리에 있는 물병이 여자 쪽으로 기울어지며 여자 위로 물이 쏟아진다. 곧이어 물병이 그녀의 머리를 목표로 한 것처럼 굴러와 부딪치고 이내 바닥에 떨어진다. 병에 담겨 있던 물의 반 이상이 여자의 머리에 쏟아진다. 여자는 호들갑스럽게 소리 지른다. 플라스틱 재질의 물병이 여자의 머리에 부딪쳐 깨지지는 않았다. 겨우 둔탁한 소리를 내며 바닥에 떨어져 나머지 물을 쏟았을 뿐이다. 여자는 다만 놀랐다. 아프지는 않다. 정작 그녀를 소름 끼치게 한 것은 식당의 열기에, 자신의 달구어진 몸에 스며든 물의 냉기다.

정수리부터 적시며 흐른 물에 옷이 온통 젖었다. 얼굴의 짙은 화장은 이미 번졌다. 여자는 부모가 기거하는 식당 뒤 살림방으로 피해 들어간다. 순식간에 일어난 평범하고 사소한 사고일 뿐이다. 여자는 그 특별 단골이라는 사람이 일부러 바닥에 젓가락을 떨어뜨렸으며 의도적으로 그녀에게 물을 부었다는 느낌을 지우기 어렵다. 물론 증거는 없다. 심증이 있을 뿐이다. 그렇다고 따질 일도 아니다. 그러나 무언가 홀가분한 것이 있다. 물의 냉기 덕분에 여자는 홀린 듯한 몸의 이상한 열기에서 빠져나온다. 젖은 머리를 말리고 얼룩진 화장을 닦아낸다. 옷장 서랍의 밑 칸에서 여자는 찾는다. 결혼 전에 그녀가 입던 옷 몇 벌을 모친이 넣어두고 있는 것을 여자는 안다. 찾았다. 여자는 유행이 지난 군청색 투피스를 집어 든다.

여자가 다시 식당으로 나왔을 때 그 단골손님은 이미 식사를 마치고 나가고 없다. 늦은 오후가 된다. 간간이 산에서 내려오는 등산객이 있을 뿐 실내는 조용하고 차분하다. 여자의 부모는 화면이 일렁이는 텔레비전 앞에 나란히, 의좋은 오누이처럼 앉아 있다. 그들은 말이 없다. 그렇지만 화면 속의 코미디 프로에 가끔 손뼉을 치며 웃는다. 나란히, 같이. 오랜만에 보는 낯선 풍경이다. 그들 사이에 여자의 자리는 없다. 집으로 돌아갈 시간이다. 여자는 가방을 메고 식당의 미닫이문을 살며시 밀어 연다. 여자는 밖으로 나온다. 여자는 천천히 버스 정류장을 향해 걷는다. 여자를 집에서 기다리는 사람은 없다.

오랜만에 부모를 방문한 그날 정수리에 부어지던 냉기의

감각은 때때로 여자를 소스라치게 만든다. 스산하고 공허한 오수에 빠져 있는 그녀를 깨우듯, 언뜻 그 감각은 되살아온다. 불쾌하지는 않다. 그러나 흔들린다. 뜬금없이 여자는 자신이 잘 살고 있는지 자문한다. 자신의 주변의 모든 일이 잘 되어가고 있는지 점검해본다. 그래도 냉기는 그녀를 아주 깨우지는 않는다. 여자는 다시 시작한다.

여자의 선동적인 외관은 누구에게 해를 끼치지도 않고 특별한 사건을 일으키지도 않는다. 여자가 이런 유의 장난을 계속했다면 그것은 그녀 자신도 스스로를 제어할 수 없기 때문이다. 유혹은 시대의 코드다. 몸을 통해 자신의 존재와 영향력을 시험해보는 것, 사람을 자극하고, 무장해제 시키는 이 장난은 서서히 습관이 되었고, 어느새 제이의 본성이 된다. 여자는 모두가 따르는 큰 흐름에 합류한다. 여자는 자신의 살의 질감이 더 잘 부각되도록 달라붙는 소재의 옷과 장신구와 화장법을 익히고 그에 걸맞은 표정을 연마한다. 여자의 개성이 된다. 그녀는 확실히 변신한다. 가끔 여자는 자신을 잘 알아보지 못한다.

무언가가 자신을 휘두르고 있음을 여자는 어렴풋이 느낀다. 마치 어느 날 입에 붙어 하루 종일 흥얼거리게 만드는 노래 구절처럼, 그녀의 뇌리 저 구석에 붙어 있는 거머리 같은 것이 몇 개 있다. 그 거머리는 여자에게는 친숙한 것이다. 거머리는 때로 모습을 드러낸다. 끈질긴 놈들인데 그중의 하나는 이런 거다. 한 남자가 있다. 젊은 남자다. 남자 얼굴은 무채색이다. 분식집 안쪽 벽에 걸린 색 바랜 사진 속에도 이 젊은 남자가 있다. 그 남자가 한 여인과 시내를 걷고 있다. 길게 구불거리는 풍성한 머리칼이 등을 덮은 한 여자가 젊은 남자의 팔에 기대 걷는다. 여인의 얼굴은 볼 수 없다. 그들은 근처에 있는 한 여인숙으로 걸어 들어간다.

사실 여자는 기억 속의 젊은 남자 옆에 붙어 있던 여인에 대해 말할 수 없다. 예쁜지 어린지, 착한지 날씬한지 기억에 없다. 단지 부친의 옆구리에 붙어 있던 여자가, 온 집안이 다 알고, 먼 친척까지 다 알고 있을 정도의 소문을 만들며 야반도주를 같이한 그녀의 모친이 아닌 것은 확실히 말할 수 있다. 그들이 여인숙으로 같이 들어갔는지 아닌지 그녀의 기억은 확실치 않다. 그래도 늘 동일한 장면이 떠오른다. 어린 그녀에게도 이미 이런 방면의 상식이 들어가 있다. 몇 개의 영상으로 하나의 보편적인 이야기가 구성된다.

여자는 그 일이 부모의 관계에 어떤 영향을 미쳤는지 알지 못한다. 어린 소녀였던 그녀가 아무에게도 말하지 않았음으로 아무 일도 일어나지 않았을지도 모른다. 정열적으로 싸우지만 여자의 부모는 여전히 함께 분식집을 잘 경영하고 있다. 여자는 그 장면만 생각하면 불쾌해진다. 그 장면이 떠올라올 때면 속에서 불같은 것이 치솟는다. 이 빛바랜 사진은 타지 않는다. 찢어지지 않는다, 그녀와 한 부분이 되어 세포 속에 녹아 있다.

이것 말고도 여러 마리의 거머리들이 여자 속에 살고 있다. 여자가 아는 것보다 더 많을지도 모른다. 그것들은 각각 나름의 얘깃거리를 가지고 있다. 여자는 그 얘기들을 차분히 들어줄 여유도 참을성도 없다. 그저 망각의 상자 안에 가두어 두고 조용히 살게 내버려둔다. 그것들이 튀어나올라치면 놀이터의 두더지 게임처럼 방망이로 한두 대씩 두들겨 다시 들어가게 하면 그만이다. 그것들은 클 만큼 컸다. 다행히도 더 자라지 않는다. 눈에 띄지 않게, 조용히 그 거머리들은 여자의 삶 속에서 사건을 만든다. 사소하고 무용하지만 결정적인 영향을 미치는 사건들을 벌이면서 여자를 꼼짝 못하게 한다.

8

남자와 여자는 좀더 외향적이고 사회적이 되기로 마음먹는다. 둘이서 할 일은 한 바퀴 다 해본 셈이다. 삶이 역동적이려면 타인들이 필요하다. 친척이나 친구, 동료와 지인은 많을수록 좋고 적당한 거리를 두며 가까워질 필요가 있다. 반지하로 동료들을 부를 수는 없다. 그들이 반지하를 벗어나고자 안간힘을 써야 할 이유는 여럿이 있다. 그곳에서 좋은 일들보다는 좋지 않은 일들이 더 많이 일어났다. 그들의 삶이 지루한 것은 남루한 현실에 그들을 고루하게 잡아매는 반지하 탓이다. 만료된 전세 계약 기간도 그들을 고무한다. 우여곡절은 있었지만 저금과 적금과 대출 덕분에 그들은 도약한다. 평수는 작지만 고층 아파트의 팔층에 둥지를 튼다. 그러나 여자도 남자도 상식적인 기쁨 외에 흥분이 없다. 그들의 삶의 기쁨은 늘 너무 늦게 다가와 그들의 김을 뺀다. 팔층이라고 반지하보다 경치가 더 좋은 건 아니다. 문을 열면 앞 아파트 단지의 창문들이 보인다. 창문을 열면 앞 아파트 단지의 불 켜진 거실이 적나라하게 들여다보인다. 외향적이며 사회적이 되고자 해야 될 수가 없다. 네 명 이상의 동료를 초대할 정도로 거실이 크지 않다. 여러 번에 걸친 집들이에 그들은 지친다. 그들은 몸보다 더 고속으로 감정 면에서 늙어간다. 여자의 생에 대한 관습적인 열심은 여일했지만 그런 식으로 그들이 곧바로 부유해지지도, 집이 생기지도 않으며, 기적적인 일이 줄줄이 일어나지도 않는다. 그들은 더 이상 같은 색깔의 같은 디자인의 옷을 입고 주말 쇼핑을 다니지 않는다. 그들의 경제적 한도 내에서 써볼 만한 것은 다 써봤다.

결혼이, 부부 관계가 그들이 원래 지니고 있었던 자잘하지만 치명적일 수도 있는 악행들을 뿌리 뽑지 못한다. 게다가 왜 그래야 하지? 남자는 속으로 반문한다. 남자의 생각이 맞다. 뿌리가 뽑히기는커녕 두 배로 늘어나거나 깊어지고 그에 대해 뻔뻔해진다. 점점 말수가 줄어드는 남자에게서 잠시 가려져 있던 단점들이 봄에 잡초 싹이 돋듯 파르스름하게 돋아나는 것을 보고 여자는 고개를 흔들고 두 팔을 늘어뜨린다. 어차피 남자도 여자도 성인이 아니다. 인생은 짧고 할 수 있는 것은 적다. 구두 뒤축을 구겨 신고 현관을 나설 때마다 이혼하자고 덤빌 수는 없다. 거짓말하는 습관이 두들긴다고 나아지지 않는다. 사람을 죽인 것도 아니고 아직까지 생명에 지장을 준 거짓말을 한 적은 없다. 의심을 할 만한 사안들이 한둘이 아니지만 물증이 없다.

남자는 출장 갈 때마다 뒷골목을 어슬렁거리며 쓱 바라만 보아도 그렇고 그런 숙소를 알아차릴 수 있는 감각이 있다. 그곳에서 제공하는 직업여성을 방으로 들인다. 이런 것은 남자에게는 그저 오랜 친구처럼 익숙한 것이다. 연고도, 아는 사람도 없는 출장지에 발을 디디자마자 남자는 거의 조건반사적으로 이런 장소를 찾는다. 그래 봐야 일 년에 다섯 번을 넘지 않는 약소한 정도다. 그 정도로 아내에게 미안한 마음을 가져 골치를 썩일 것 없다. 또 별일 아닌 것으로 아내의 머리를 복잡하게 할 필요도 없다. 남자는 스스로가 괜찮아 보인다. 왜냐하면 남자는 스스로 자제할 줄도 알기 때문이다. 상황이 허락하는 대로 최소한 한두 번은 출장지에 여자와 부부 동반 하기도 한다. 여자는 남편 출장 일정에 맞추어 휴가를 얻어내는 재주도 있다.

남자에게 그건 그저 육체의 일이라 감정이 생긴다든지, 고정적인 관계로 발전한 적이 한 번도 없다. 그렇다고 남자가 마음이나 정신 같은 것을 몸보다 더 우월하게 생각하는 것도 아니다. 오히려 반대다. 남자는 여자 앞에서 한 점 뉘우침 없이 자신의 결백과 순수성을 선포할 수 있다. 왜냐하면 자신이 뉘우칠 일을 하지 않았기 때문이다. 자신이 뉘우칠 것이 없기 때문이다. 그렇다고 떳떳한 일이 아니라는 것도 인정하기에 그는 조심도 하고 절제도 병행한다. 그런 일로 이혼이나 부부싸움 거리를 만들 여지도 없다. 그건 현대인이 할 일이 못 되는 구질구질한 것이다. 포르노 몇 편 보았다고 갈라서는 부부는 이 세상에 없다. 이건 문화다, 시류일 뿐이다. 게다가 이게 주류다.

여자는 어떤가. 여자의 튀는 변장술과는 달리 여자의 내면은 사실 뻔하고 평범한 지식들로 구성되어 있다. 그렇기 때문에 모든 어려움에도 불구하고 여자는 남자와 서로 맞추어가면서 살고 있는 중이다. 투 잡을 뛰면서 여자는 현금을 이리저리 옮기면서 불리는 것에서 재미를 찾는다. 그렇다고 여자에게는 구체적인 목적이 있는 것도 아니다. 설탕이 가열되어 풀리면서 솜사탕이 되는 것을 신기하게 바라보듯, 현금을 이리저리 옮기면서 늘어나는 숫자를 보는 것이 여자에게는 재미있다. 물론 모든 숫자가 늘어나기만 하는 것은 아니다. 줄어드는 숫자 앞에서의 고뇌도 여자에게 무익하지 않다. 마치 깊은 상처를 입은 실연녀처럼 여자는 더 이상 내 집 마련에 정열을 쏟지 않는다. 언젠가 운이 따르면 현실로 다가올 먼 미래의 계획으로 미루어놓는다. 여자는 은행에서 투자신탁으로 투자신탁에서 증권회사로, 거기서 다시, 거의 매달 새로워지는 이름의 금융상품으로 옮겨 다니면서 무언가 배우는 느낌을 받는다. 여자에게는 남자에게는 없는 인생에 대한 학구열이 있는 편이다. 때로 점심을 거르면서 여자는 이렇게 정열적으로 돈 근처를 돌아다닌다. 스토커처럼, 파파라치처럼.

숫자의 솔직함 앞에서 여자는 겸허해지고, 예측을 벗어나는 숫자 놀음의 신비 앞에서 여자는 아찔해진다. 그렇게 매료되어 돌아다니던 한 증권회사에서 차례를 기다리던 중 옆자리에 앉은 한 남자와 말을 트게 된다. 그는 상당 기간 은행에 근무한 적이 있는 개인 투자가다. 사십 대 초반으로 보이는 말쑥한 차림의 남자는 그렇게 자기를 소개한다. 어느 날은 여자 옆으로 와서 인상적인 긴 눈꼬리를 더욱 가늘게 하면서 은밀한 목소리로 그날의 우량주에 대해 몇 가지 조언을 해준다. 여자는 조언자의 낮은 목소리에서 어딘지 우울한 노련미

106

를 느낀다. 즉 지니고 있는 재능이 빛을 발하지 못하는 사람이 지닌 안타까운 우수 같은 그런 것. 여자는 이해한다. 자신의 뛰어난 언변도 같은 신세다. 한 번도 빛을 본 적이 없다.

한두 번의 조언으로 여자가 지금까지 본 어떤 재미보다 큰 재미를 본 후 여자와 전 은행 직원은 급격히 가까워진다. 여자는 우회적인 방식으로 이 조언자에게 개인 상담을 요청한다. 얼굴이 검다기보다는 선탠으로 알맞게 그을린 듯한 이 건강하고 점잖은 중년은 여자를 그윽한 눈길로 쳐다보고는 마지못해하듯 여자의 제의를 수락한다. 상담사 남자는 여자에 대해 자세히 묻지 않는 예의가 있고 그건 여자도 마찬가지다. 어느 날 저녁에 상담사의 세련된 데이트 신청에 여자가 응한다. 간단한 이유로 시작된다. 요즘 들어 부쩍, 식사 때면 일부러인 듯 남편이 들고 보는 신문 앞에 마주 앉아 아침에 끓여놓은 김치찌개를 덥혀 먹으러 귀가하는 것보다, 중후하고 은근한 중년의 투자가와 시간을 보내고 싶은 생각이 든다. 역시 성숙한 중년 남자는 여자를 여자로 대해줄 줄 안다. 처음으로 여자는 회식이라는 핑계를 대고 증권투자가와 저녁을 보낸다. 피자집에 마주 앉아 남자가 낮은 목소리로 증권투자의 ABC를 설명하는 중 여자는 난데없이 대체 불륜이라는 게 어떤 걸까, 무척 궁금해진다. 여자의 탐구열이 이 주제에 집중한다. 마침내 얼마 지나지 않아 여자는 상담사를 통해 그게 뭔지 알게 된다. 그건 그녀가 상상한 것처럼 자극적이지도 극적이지도 않고 사람들이 말하는 것과 달리 스릴도 없다. 오히려 불편하고 불쾌하다. 그렇지만 상담사의 조언은 늘 맞아떨어졌고 관계는 띄엄띄엄 지속된다.

여자는 남편의 잦은 연장 근무와 출장에 책임이 있다고 생각하지 않는다. 늘 불분명하기만 한 남자의 과거와 현재, 무언가 아귀가 맞지 않는 일상의 자질구레한 거짓말, 상당히 고가에 속한다는 것을 나중에나 알게 된 남자의 모형자동차 취미, 등산 동호회를 핑계로 자주 어디론가 사라지는 주말, 이런 문제들은 정말 여자에게 문제가 되지 않는다. 여자는 그저 궁금하다. 남들이 다 아는 것, 남들이 다 해본 것에서 자신만 제외되어 바보같이 되는 것은 비사회적인 태도다. 증권상담사와의 시들한 관계를 사람들이 말하는 외도나 불륜이라고 할 수 있을까. 누구나 다 떠들어대는 사안에 대한 지적인 호기심으로 넘어본 선을 다시 넘어 제자리로 돌아오는 것은 여자에게 수월해 보인다. 그건 결심과 그 결심을 실행하는 의지의 문제다. 그건 언제든지 할 수 있기에 여자는 적당한 때로 미루어둔다. 벌금이 붙지 않는 공공요금 납부를 게으름으로 미루는 것처럼.

이렇게 무미하고 불편한 관계를 유지하기 위해 타살도 자살도 서슴지 않는 영화나 연속극 속의 주인공들을 여자는 이해하기 어렵다. 그들의 과장된 흥분과 격정, 그들의 고뇌와 눈물과 비애를 비웃으며 여자는 퇴근 후, 개인 상담사와 만나기로 약속한 시내의 한 근린공원의 의자에 앉아서 기다린다. 칠 개월, 팔 개월? 이 정도면 충분하다. 오래 지속할 건 못된다, 고 여자는 바로 그날, 그 시간 결론을 내린다. 오늘 말해야겠다. 아니면 다음번에? 여자는 상황이 시키는 대로 하리라 마음먹는다. 몇 가지 서두를 생각해본다. 그동안 고마웠어⋯⋯요! 이건 너무 사무적이다. 우리 만나서 같이 보낸 시간 즐거웠구⋯⋯요. 여기서는 우리, 라는 말이 영 목에 걸려 안 나올 것 같다. 여자의 남다른 말주변은 어디론가 사라지고 없다. 아무 말 않고 끝내는 것이 역시 괜찮아 보인다. 그저 작은 배려의 표시로 미리 선물 포장한 하모니카를 건네고 뒤돌아보지 않고 떠난다? 언젠가 개인 상담사가 말해준 개인사에서 중요한 자리를 차지하고 있던 하모니카. 왜 그랬는지는 벌써 기억이 나지 않는다. 선물 상자 속에 카드 하나를 넣는 것으로 모든 이별사를 대신한다. 안녕히, 굿바이. 아듀. 이 방법이 좋을 것 같다. 그렇지만 하모니카가 준비되지 않았으니 아무래도 이별의 신은 다음번 만남에서 연출해야 할 것이다.

마음속으로 이별사를 짓느라 시간이 지나가는데 중년 남자는 나타나지 않는다. 어둑해지는 초봄 저녁 기온만큼 마음속이 싸늘해지고 뾰족해진다. 여자가 그 자리에서 서성거리는 것은 나름의 고집 때문이다. 그럴 리가 없다는, 자기가 바람맞을 일 없다는 맹신을 하게 하는 자기애 때문이다. 그리고 이유를 알고 싶은 심리적 호기심 때문이다. 그래서 여자는 다음 날도, 그다음 날도 같은 자리에서 머뭇거려본다. 물론 전화번호도 있고, 그의 이름도 알고 있다. 전화번호는 더 이상 유효하지 않으며 이름을 대고 소재를 물을 만한 곳이 없다. 상담사가 출근하다시피 하던 금융사, 증권사도 점심식사 시간 전후로 뒤져본다. 물론 대놓고 수소문할 수는 없다. 놀라운 것은 사흘째 되는 날 어둑한 공원 의자에 앉아 자신이 울고 있다는 사실이다. 슬픔보다는 분이 나서 여자는 울고 있다. 그 와중에도 깨닫는 기쁨이 없지 않다. 아하, 이런 거구나! 여자는 마침내 왜 책이나 영화에 무의미한 외간 남자와 외간 여자 때문에 타살이나 자살이 등장하는지 어렴풋이 이해할 수 있을 것 같다.

문제가 터지지 않았다면 여자의 이런 장난은 좀더 지지부진하게 지속되었을 것이다. 전 은행 직원이었고 며칠 전까지 개인 증권투자자로서 여자의 투자상담사 역을 맡은 중년 남자가 전문가답게 일을 터뜨린다. 여자가 남편 몰래 상담사를 통해 투자한 현금 총액이, 증발한 그 남자와 함께 사라진 것을 뒤늦게 알아차린다. 결과는 참담하고 교훈은 쓰디쓰다. 여자는 따져보지도 못하고 돈을 날린 채 증권투자와 불륜에 대한 학습 과정에 이별사 없는 종지부를 찍을 수밖에 없다.

비싼 대가를 치른 만큼 여자는 다소간 다소곳해진다. 여자는 일주일에 한두 번 저녁에 일해주던 버스 운송회사에 구두 사표를 통고한다. 여자는 회사 일에 집중한다. 여자는 뒤늦게 가정생활의 중요성을 재인식하기도 한다. 연장 근무 그만하고 집에서 저녁 먹자고 남편에게 안 하던 잔소리도 한다. 여자는 남자에게 죄책감이나 두려움을 느끼지 않는다. 여자에게 상담사는 단연코 중요한 사람이 아니다. 그와의 만남은 경미한 접촉 사고와 같은 것이다. 그런 미미한 일로 남자에게 미안해할 것은 없다. 그 사고가 남편과의 관계에 조금의 부정적인 영향도 미치지 않았다. 둘의 관계는 늘 성적으로 친밀하며 더 허심탄회하게 되었다, 고 여자는 자평한다.

어떻건 감쪽같이, 흠 없이 학습은 끝났다. 군더더기도 없고 장기화될 조짐이 있는 심리적인 충격도 여파도 없다. 그간의 방심의 결과로 여자가 직장에서 쫓겨나지도 않았으며 부부 관계가 파탄나지도 않았고, 몰래 카메라를 들먹이며 돈을 요구하거나 사랑 운운하며 관계 지속을 협박하는 남자도 아니었다. 돌이켜 생각해보니 평범한 사기꾼 이상도 이하도 아니다. 중년의 사기꾼에게 날린 금액과 그의 조언으로 번 금액의 가감 계산을 해보면 여자는 그럭저럭 원금의 반 정도는 건진 셈이 된다. 여자는 다시 새로운 적금 오개년 계획을 세우는 것으로 길고도 짧았던 모험을 잊어버린 과거 서랍 속에 가두어버린다.

여자와 남자의 하루하루가 큰 사건 없이 규칙적으로 지나간다. 남자는 승진을 위해 두번째 자격증 시험 준비에 바쁘다. 남자는 규칙적인 산행으로 탄탄한 몸매를 더욱 빛나게 가꾸며 여전히 흰색과 청색을 선호한다. 그는 엄격한 낯에 성실한 근무 태도로 차기 인사이동 때 유력한 승진 후보자로 거론된다. 회사 내 등산동호회에 쏟는 정열도 상사들의 눈에 띈다. 상쾌하게 웃을 때 미남에 가까워지는 남자의 외모도 긍정적인 평판에 한몫한다. 옆길로 멀리 갔다가 제자리로 돌아온 여자의 하루도 비슷비슷하게 지나간다. 버스회사 경리 일을 접은 후 여자는 사무실에서 희생적으로 일한다. 너무 열심을 낸 까닭으로 전에 없이 글자들이 뒤섞이고 이따금 현기증이 일어난다.

어느 날 꼼꼼하게 들여다본 여자의 얼굴에 적색등이 켜진다. 삼십을 코앞에 둔 여자의 얼굴은 화장을 지운 저녁나절 형광등 불빛 아래서 결코 예쁘지 않다. 얼굴은 화장독이 든 것처럼 완연하게 부은 기색이며, 여자의 몸도 더 나을 것은 없다. 남자의 근육질 육체보다 빨리 늙어가고 있음에 틀림없다. 매력이라고는 찾아볼 수 없는 자신의 모습 앞에서 여자는 구역질인지 분노인지 구별 안 가는, 혹은 그 둘 다인 무엇이 위 저 밑바닥에서 밀치고 올라오는 것을 느낀다. 꼬리 잡힐 어떤 꼬투리도 남기지 않고 기체처럼 증발해버린 남자, 은행 직원을 사칭한 매끈하게 생긴 중년 남자의 몰골이 되살아올 때는 증상이 더 심하다. 완전히 사라졌다고 생각했는데 또 한 마리의 거머리로 변신해 되돌아온다. 언제부터인가 가슴 전면에 걸쳐 뾰족한 통증이 일다가는 조금씩 조이고 저려오는 증상을 느끼는 여자는…… 화들짝 놀란다. 미미하기는 하지만 어딘가 익숙한 신체적인 증상들을 외면하려고 해야 소용이 없다. 여자는 가까운 기억부터 더듬어본다. 옆길로 빠졌던 삶에서 빠져나오느라 여자가 방심한 것이 있었다. 지난 두세 달 건너뛰었던 자신의 몸의 주기를 기억해낸다. 아, 이런! 시간을 거슬러, 지난달, 지지난달, 또 그 전의 수첩과 달력과 업무일지를 허겁지겁 꺼내놓고 경악한다. 틀림없다. 자신이 모르는 사이, 뱃속에 한 아기가 살기 시작했다!

확실해진 그 사실로부터 여자는 다시 시작한다. 희미해진 기억을 되돌려 그즈음의 사건들을 재구성하려고 애쓴다. 동료들과의 점심식사를 마다하고 사무실에 앉아 머리를 두 손으로 싸쥐고 기억을 모은다. 기억에 참빗질을 한다. 생각할수록 기억은 멀리 도망친다. 불안과 두려움과 무기력증이 합쳐 머리를 송곳이 콕콕 찌르는 듯하다. 실제로 여자는 뾰족한 손톱으로 머리를 여기저기 마구잡이로 찔러댄다. 모든 세부는 뒤섞여 더욱 혼란스럽다. 기억의 미로 속에 갇혀 자신이 알아내려 했던 것이 정작 무엇인지 잊어버린다.

귀가해서도 집 안을 정리하면서, 저녁상을 준비하면서 별 효과 없는 탐색은 계속된다. 언뜻언뜻 몇 가지 영상이 기억의 스포트라이트에 잡힌다. 악몽의 지하도를 탐사하듯이 여자는 지난 몇 달간의 자신의 행각을 장면 장면 뒤돌아보지 않을 수 없다. 입덧인지 구토증인지 구별이 안 가는 불유쾌한 증세가 울렁울렁 여자를 사로잡는다. 여자는 화장실로 뛰어가 그곳에 주저앉는다. 여자는 변기 앞에 무릎을 꿇고 속에서 올라오는 것들을 토해내려 온 힘을 다한다. 모든 힘이 여자를 떠난다. 이렇게 기진맥진하는 것은 여자로서는 오랜만이다. 울렁거림은 사라지지도 약화되지도 않는다. 몸에서 나오는 것은 아무것도 없이 오한으로 온몸이 떨리면서 아득한 현기증이 여자를 사로잡는다. 여자는 바닥에 모로 눕고 만다. 여자는 그렇게 까무러친다.

여자의 감은 눈 저쪽에서 한 풍경이 희미하게 돋아난다. 어디서 한번 본 듯한 풍경. 황혼녘. 한 젊은 사람이 뒷모습을 보이며 앉아 있다. 깔끔한 뒷모습의 사람은 그녀를 기다린다. 좀더 어릴 때의 그녀, 아마도 중학교 정도의 교복 차림의 여자는 젊은 사람이 내미는 손을 잡고 풍경 속으로 걸어 들어간다. 멀리 푸른 빛을 띠고 마을을 둘러싼 산등성이 위에 뭉쳐진 큰 구름들이 앞서거니 뒤서거니 어디론가 부지런히 움직인다. 한 방향으로 무리 지어 가는 그 풍경 속으로 얼굴이 안 보이는 사람과 소녀는 걸어 들어간다. 시골길, 산길. 산등성이에서 물안개가 올라오는데 하늘은 온통 지는 해의 붉은빛으로 가득하다. 기이한 푸른색에 둘러싸여 큰 구름들이 줄지어 이동하고 있다. 여자는 죽은 듯이 누워 뇌수 저쪽에서 일어나는 무언의 드라마를 관람한다. 아주 느리게 붉은 황혼빛은 사방에 내려앉는 어둠에 섞인다. 붉은빛이 엷어지고 한순간 사방은 검고도 푸른빛으로 가득 찬다. 황혼과 내려앉는 어둠이 섞이며 빛이 사라지기 직전의 짙은 푸른빛도 잠시, 사방에 짙은 어둠이 가득 찬다. 영상은 사라진다. 의식은 여전히 풍경 속에 머물러 있는데 여자의 입에서 무슨 말 같은 것이 새어 나온다. 여러 번. 여자는 입술에 매달려 있는 말이라기보다는 숨결에 가까운 그 몇 음절에 매달린다. 입술에 숨결이 차면 그녀는 음절로 입 밖으로 내보낸다. 그렇게 여러 번 반복적으로 호흡하는 사이 여자는 깨어난다. 서서히 오한이 떠나고 여자의 몸에 온기가 돌아온다. 현기증과 구토증은 사라지고 없다. 살 것 같다. 여자는 살아났다. 자신의 입에서 새어 나온 말이라기보다는 숨소리에 가까운 그것을 되살려보려 애쓴다. 소용없다. 이미 연기처럼 사라져버리고 없다.

여자는 눈을 뜰 수 없다. 방금 사라진 숨결처럼 그녀가 좀 전까지 머물러 있던 정경들을 붙잡으려고 눈을 꼭 감고 있다. 어딜까, 그곳이 대체 어디였을까. 감촉까지 선명한 손을 잡고 소풍 가듯 같이 걸은 사람은 누굴까. 알듯 말듯 여러 얼굴이 스쳐 가지만 어떤 얼굴도 손의 감촉으로 연결되지 않는다. 그중에는 기억을 스쳐 가는 몇 얼굴이 있다. 결혼식장에 와준 초등학교 때 담임교사, 신혼여행지에서 만난 어린 신부가 그중에 끼어 있는 듯도 하다. 여자는 마침내 눈을 뜬다. 일어나 앉는다. 다시 여기다. 남자와 여자가 사는 곳으로 돌아온다. 여자의 가슴에 조금씩 예기치 않은 기쁨이 들어찬다. 다시 살아났다. 풍선처럼 부푼다. 여자 안에 아기가 살고 있다. 여자는 곧 엄마가 된다.

　의지적으로 선택한 것은 아니어도, 남자는 덤덤하게 아빠
가 되기로 한다. 물론 시간은 걸렸다. 게다가 이제 출산을 몇
달 안 남겨두고 무슨 다른 해결책이 있겠는가. 여러 번 생각
해봤지만 역시 아빠가 되는 일은 자신을 둘러싸고 있는 주변
의 여러 난제에 가장 원활한 해결책이다. 사실 여자의 낙태를
얼떨결에 방조한 것은 늘 남자의 마음에 석연치 않은 앙금으
로 남아 있다. 남자는 결혼이란 패키지 상품처럼, 반갑지 않
지만 수락해야 하는 것들이 딸려온다는 것을 잘 알고 있다.
일례를 들자면 자식의 출생이나 처갓집 식구의 대소사 같은
것. 그건 인생의 상식에 속한다. 아내의 첫 임신으로 말할 것
같으면 남자는 왜 일이 그렇게 되었는지 알 수 없기에 지금
도 받아들일 수 없다. 이제 태어날 아기가 그 앙금을 단번에
날려줄 것을 남자는 기대한다. 초가을의 스산한 날씨도 한몫
한다. 남자의 심정을 말하자면, 변두리의 의심스러운 외관을
한 낡은 건물의 삼층이나 사층에 딸린 산부인과 복도를 또다
시 여자와 머뭇거리기가 죽기보다 싫다. 생각만 해도 가슴이
조여오고 겁이 난다. 더욱이 초라한 몰골의 주인여자가 껌을
씹고 있다가 손님을 맞는 락스 냄새가 바닥에서 올라오는 다

방 구석에 앉아, 쓰디쓴 커피를 넘기면서 여자가 뱃속의 아이를 처리하고 나오기를 기다리는 건 두 번 다시 반복하고 싶지 않다. 사색이 된 여자가 기듯이 병원을 빠져나오는 것을 보고 있던 자신을 더는 참을 수 없다. 악몽은 끝났다. 다행히 이런 일은 일어나지 않을 것이다. 초음파 화면 속의 태아는 건강하며 조만간 세상으로 나올 것이다.

무엇보다 남자의 모친의 문제는 아기의 탄생으로 큰 돌파구를 찾을 것이다. 이대 독자 아들을 둔 남자의 모친이 오랫동안 열망해온 아들 부부와의 동거는 아마도 아이의 탄생과 함께 자연스럽게 실현될 것이다. 애를 키우려고 여자가 직장을 그만두는 것은 여자도 남자도 생각할 처지가 못 된다. 게다가 남자 혼자 집안 경제 전담하는 그런 거 남자는 억울해 못 한다. 남자, 여자 모두에게 가장 좋은 해결책은 남자의 모친이 아들 부부와 합류해 육아를 책임지는 것이다. 이런저런 사정들이 모여, 이미 분명한 한 인간의 모습이 갖추어진 배 속 아이 운명의 첫 단추가 끼워졌다. 유괴와 실종과 타락과 자살과 타살 같은 어두운 구덩이에 아기가 빠지지 않고 정상적인 성인이 되도록 키울 사람으로 남자와 여자가 선택되었다.

9

산후 후유증은 여자에게 적지 아니 컸다. 그것은 의학적
인 것이어서 여자는 의학적으로 해결한다. 필요한 약을 먹으
면서 산후 우울증에 대처한다. 다행히도 그 밖의 모든 여건이
그녀에게 호의적으로 돌아간다. 여자는 큰 어려움 없이, 다시
말하면 큰 비용 들이지 않고 아이 양육 문제를 해결한다. 출
산 전까지 여자를 시달리게 한 악몽은 더 이상 없다. 여자가
가장 두려워한 것은 자신이 저지른 일의 결과로 온전치 않은
아기가 태어나는 것이었다. 그렇지만 아기를 보라. 겉이건 속
이건 눈에 띄는 결함 없는 통통하고 튼튼한 아기다. 아기는

여자가 생각한 것처럼 또렷한 윤곽을 가지고 태어나지 않는다. 붉고 쭈글거리는 얼굴은 아기가 겨우 영장목(目) 사람과(科) 포유류(類)라는 것을 알려줄 뿐이다. 여자는 아기를 팔에 안았을 때 결연한 용기가 생겨남을 느낀다. 아무도, 어떤 이유로도 아기를 건드리지 못할 것이다. 설령 아기가 남자와 여자 아닌 누군가의 모습을 드러내며 자랄지라도. 그로 인해 야기되는 모든 문제에 이 엄마가 책임을 지리라! 여자는 아무 결함 없이 잘 태어나준 아기를 움켜잡고, 아이에겐지 남자에겐지 알 수 없게 고맙다! 고 외친다.

그러나 잠깐이다. 한동안의 소란스런 흥분이 지난 후, 여자는 갑자기 침묵한다. 아기를 요모조모 뜯어본다. 임신 기간 내내 여자로 하여금 손톱을 물어뜯게 했던 그 병적인 궁금증 섞인 두려움이 도진다. 어찌 보면 아기는 엄마를 닮은 듯하지만 달리 보면 여자가 생각하기도 싫은 그 누군가의 흔적도 여실하다. 아이의 올라간 입꼬리와 짙은 눈썹 아래 긴 눈, 좁은 콧방울에 여자의 시선이 머문다. 그러나 대체 누가 안단 말인가? 아기의 이목구비는 너무 작고, 모든 것이 두루뭉술하다. 여자는 확신이 없다. 여자가 착각하는 것 아닐까. 지레 겁을 먹은 것 아닐까. 중요한 것은 아무도, 시어머니는 물론 남편도 아이에 대해 추호의 의심도 하지 않는다는 것이다.

시력이 그다지 좋지는 않지만 젊은 할머니는 아기를 보러 온 사람들에게, 아기의 얼굴선이 꼭 아빠를 닮았노라고 격앙된 목소리로 반복한다.

아기는 조용하다. 기이하게 조용하다. 물론 벙어리는 아니다. 젖 먹일 시간이 조금만 지나도 천부인권사상을 상기시키려는 듯, 밤낮을 가리지 않고 운다. 특히 할머니가 아기와 홀로 있는 낮 시간에는 사레가 들어 숨이 막힐까 걱정될 정도로 줄기차고 우렁차게 울어댄다. 그래서 할머니가 된 중년 노인은 잠시 잠시 갈등을 겪는다. 지방에 있던 집을 팔고 아기를 돌보는 목적으로 아들 집에 살러 온 것은 잘한 일인가, 의심하고 또 의심한다. 일부러 그러는 것처럼 아기가 울어댈 때면 젊은 할머니는 마치 아기를 가능한 한 멀리 던져버리기 위해 준비운동을 하듯, 거세게, 빠른 속도로, 앞뒤로 흔든다. 그 속에는 약간의 분노가 있다. 그래도 할머니는 착한 사람이다. 기다리고 기다리던 손자다. 자신이 원하는 것은 여러 명의 손자이지만 삼대독자가 될 가능성도 배제하기 어려운 귀둥이다. 자식애와 자기애가 혼합된 열정으로 할머니는 손자를 사랑하기에 우유병을 덥히고, 하루에 서너 번씩 기저귀를 갈아주는 중노동을 해낸다. 그런 예외적인 순간들을 빼면 아기는 정말 조용하다.

　익숙해지기 어려운 아들 내외와의 동거, 아직 움직이지는 못하지만 저녁나절에는 어깨와 허리가 뻐근해지는 아이 양육이라는 노동은 오랫동안 조용하게 살아오던 나이가 들어가는 중년의 여인이 쉽게 적응하기 어려운 것이다. 그러나 그런 건 참아내야 할 일들이다. 결과적으로 며느리의 해산은 아이의 엄마에게보다는 할머니에게 큰 사건임을 할머니는 알고 있다. 할머니는 자신이 원하던 것을 얻었고 자신이 바라던 것, 아들 집에 와서 아들과 같이 사는 할머니로서의 노년의 계획을 달성했다. 주위의 직장 동료들에 비하면 남자도 여자도 운이 좋은 편이다. 누구나 아이를 기꺼이 돌봐주려는 부모를 가지는 행운을 누리지 못한다. 그것도 나이가 젊은 시어머니를 가진 사람은 복이 있다. 지방에서 잘 살다가 집까지 팔고 며느리 뒤치다꺼리인 줄 알면서도 손자의 육아를 기꺼이 수락하는 부모는 정말 드물다. '기꺼이'라고 말하기는 뭣해도, 이 젊은 할머니는 육아 경험 없는 아들 내외가 보기에 그 방면에 노련하며 권위가 있다. 며느리는 기꺼이 권력 이양을 할 생각이 있다.

　울 때만 빼놓고는 아기는 대개 잠을 잔다. 깨어나서는 갸름하고 맑은 눈을 반짝 뜨고 눈앞의 사람을 깊숙이 바라본다. 눈자위는 푸른빛이 돌 정도로 하얗고, 새벽 창문으로 새어 들어오는 포르스름한 미명이 좋은 듯 사지를 움직인다. 가끔 아기가 엄마를 그런 눈으로 바라볼 때 여자는 섬뜩한 기분이 든다. 꿰뚫어보는 듯한 맑은 눈. 여자는 괜히 울고 싶기도 하다. 반지하 집의 어느 저녁, 갑자기 켜진 실내의 불빛에 가구나 바닥 틈으로 황급히 숨어들어가던 바퀴벌레의 영상이 눈앞에 스친다. 이 아기는 왜 엄마를 이렇게 바라보나? 형상과 색체 분별이 불완전한 단계의 영아가 보이는 반응임을 배워서 알고 있어도 뜨끔해진 여자는 자문한다.

아기는 자란다. 아기는 더 이상 조용하지 않다. 아기는 웃는 걸 좋아한다. 웃는 걸 좋아해서 눈초리가 길게 늘어지는가. 웃는 것과 아기의 까무잡잡해지는 피부와 무슨 상관이 있는가. 가끔 여자는 근무 중에 아기의 길게 늘어지는 눈 모양과 처음보다 분명히 눈에 띄게 짙어지는 독특한 피부색을 떠올리며 화들짝 놀란다. 처음에는 눈에 띄지 않았는데 아기의 눈은 동그란 것에서 점점 옆으로 길어져 이제는 윤곽이 잡혀간다. 그 두 가지만 빼면 아기는 정말 엄마의 모습을 꼭 닮았다. 아무리 기억에서 지워버리려고 애써도 여자의 뇌리로 한 남자의 모습이 끈질기게 달라붙는다. 이제는 이름도 기억나지 않지만 우울한 노련미가 묻어나는 목소리로 처음부터 차근차근 사기극을 준비했던 한 중년 남자. 겨우 일 년여 전의 모든 것이, 아주 오래전의 일처럼 희미하고 생소하다.

확실한 것은 아무것도 없다. 그런데도 여자는 아기가 까르륵 웃을 때마다 혼자서 조바심을 한다. 그 웃음이 아기의 눈꼬리를 더 길게 늘릴 것이 두렵다. 퇴근 후의 남자는 아기를 간지럼을 태워서 웃게 만드는 것을 즐긴다. 한 오 분쯤. 시어머니는 정작 엄마인 여자 자신보다 아기를 더 잘 웃게 할 줄 안다. 어떤 표정을 짓고, 어디를 간지럼 태우면 아기가 앙증스럽게 웃는지 할머니는 잘 알고 있다. 아이에게 홀딱 반해 아빠도 할머니도 아기의 긴 눈꼬리나 짙은 피부색에 아랑곳하지 않는다.

어느 날 시어머니가 남편에게 말한다.

"아범아, 이리 와서 애 좀 자세히 봐라. 요 눈하며, 이 피부색하며……."

여자는 올 것이 왔구나, 생각하며 눈을 감는다. 숨을 들이쉬었는데 감히 내쉴 수가 없다. 남편이 신문을 접는 소리, 방에서 응접실로 나오는 소리가 크게 확대되어 여자의 귀에 울린다. 저녁상 준비를 하던 여자는 썰어놓은 버섯을 냄비에 넣지도 못한 채 멍하니 다가올 상황을 기다리고 있다. 시어머니가 천천히, 아기를 들어 품에 안고는 회상조로 말한다.

"글쎄, 네가 기억이나 할는지 모르겠다만, 네 아버지도 이렇게 애처럼 피부색이 짙었는데 말이다. 세상에 애 눈꼬리 좀

봐라, 자라면서 네 아버지 꼭 닮는다."

저녁상을 차리던 여자는 이 말에 숨이 막히는 듯하다. 남자가 뭐라 답하는 소리가 귀에 들려오지 않는다. 물론 아주 어릴 때 가버린 부친의 기억이 남자에게는 없다. 모친의 기억도 사실 믿을 만한 것은 못 된다. 손자가 오랫동안 잊고 있었던 죽은 남편에 대한 향수를 할머니에게 불러일으켰을 것이다. 살아 있었다면 손자를 안고 함박웃음을 웃었을 기억 저 깊은 곳의 남편을 생각하다 보면 일어날 수 있는 일이다. 강한 향수가 기억을 왜곡할 수 있다. 게다가 나이는 많지 않지만 어떻건 할머니가 된 이 여인의 기억은 전반적으로 가물가물하다. 할머니는 다 알고 있는가. 그러면서 모르는 척하는 고단수인가. 아니다. 그러기에 할머니는 너무 진지하다.

안도감과 아울러 긴장의 이완으로 여자는 쓰러질 것만 같이 어지럽다. 아무도 이 순간 여자에게 관심을 두지 않는다. 여자는 침실로 숨어들어간다. 침대 위에 쓰러지듯 주저앉는다. 눈을 감고 앉아 있자니 무언가가 흘러내린다. 흐느낌도 목에서 동시에 올라온다. 여자는 소리를 죽이고 흐느낀다. 마음속에 똬리를 틀고 있던 응어리가 풀어진 듯 눈물이 줄줄 흘러내린다. 밖에서는 아기를 어르는 소리와 모자의 웃음소리가 번갈아 들려온다. 여자는 일어나 앉아 침대 맞은편의 화장대 거울에 비친 자신의 얼굴을 주시한다. 서서히 흐느낌도 눈물도 잦아든다. 거울 속에서 여자는, 번진 화장, 과장되어 칠해진 입술, 붉어진 눈자위…… 이런 것들을 배경으로 하나의 인상으로 요약되는 자신의 초상화를 냉정하게 바라본다. 이유를 알 수 없지만 확실히 운명은 그녀 편이다. 이제 폭풍은 완전히 가라앉았다. 거의 영원히.

여자는 추한 초상화를 다듬어준다. 솜으로 닦고, 정성 들여 눈물자국을 지울 정도로, 눈에 띄지 않게 옅은 화장을 한다. 이제 여자는 이 방면에 거의 전문가다. 주말에는 아파트 단지에서 사귄 여자들을 모아놓고 화장술을 가르칠 정도다. 그런 전문가의 손으로도 지워지지 않는 윤곽들을 그리고 칠하고 고친다. 거의 눈에 띄지 않게, 은밀하게. 밖에서 시어머니의 부르는 소리가 난다.

"애, 에미야! 저거 뭐냐. 냄비에 끓는 거 넘친다. 아범이 가서 불 좀 꺼라."

여자는 화장이 마무리된 초상화를 향해 예전에 자주 지었던, 순한 표정을 지어본다. 이내 서먹하게 그 표정의 모서리들이 흐트러지고 지워진다. 여자는 거울 앞에서 옆으로 선다. 출산 후에 흐트러졌던 옆모습이 조금씩 원래의 선을 되찾는 중이다. 됐다. 여자는 아직 젊고, 미녀라고 할 수는 없어도 매력은 있다.

10

아기의 웃음은 더 이상 여자를 불안하게 하지 않는다. 그 반대다. 복을 불러온다. 아이의 돌잔치에 직장 동료들을 식당에 초대해 떠들썩하게 치른다. 잔치 벌인 지 얼마 안 되어 몇 달 간격으로 남자도 여자도 각자 다니는 직장에서 승진을 한다. 여자가 먼저 대리에서 과장으로 승진한다.

확실히 집 안에는 새 생명으로 인해 활기가 돈다. 여자가 보기에 할머니는 그다지 까다롭지 않다. 계산이 분명한 것은 남편과 시어머니의 공통점이다. 주는 것만큼 돌아오고, 주지 않는 것만큼의 불만이 있다. 아기를 키우면서 자신의 역할을 강조하지 않는 것도 젊은 시어머니의 장점이다. 이성적이며 자존심이 강한 중년 할머니답게 양육이나 살림에 필요한 금액에서 아주 조금 더 보태 아들에게 요청한다. 이 할머니는 관대하다고는 할 수 없지만 돈이 궁하지는 않다. 저녁에 아들 부부가 돌아오면 세세하게 아기의 하루 생활에 대해 보고해 주어 젊은 부부는 편안한 마음으로 다음 날 집을 나설 수 있다. 아주 가끔이기는 하지만 삼세대가 같이 하는 외식은 모든 사람들의 부러움을 사기에 부족함이 없이 오순도순 대화 속에 이루어진다. 아기라는 공통의 화제로 인해 모든 잠재된 문제들은 괄호 안으로 들어간다.

아기가 돌을 맞았기에 부부는 할머니를 대동하고 여자의 부모, 즉 남자의 모친의 사돈에게 아기를 보여주기 위해 주말 외출을 한다. 사돈이 사돈댁을 방문하는 것은 이것이 처음이다. 여자의 부모도 물론 아기를 무척 보고 싶어 한다. 그런데 분식집을 닫고 아기를 보러, 사돈도 계신 딸네 집이라기보다는 사위 집에 가는 것이 수월한 것이 아니다. 어딘가 차가워 보이는 사위가 장인, 장모는 늘 어렵고 겁이 난다. 게다가 아직 딸에게는 자세히 말할 기회가 없었지만 여자의 부친의 병이 최근에 발견되었다. 드문드문 딸과 전화 통화가 있었지만 모친은 너무 엄청난 남편의 발병으로 행복해 보이는 딸 부부의 생활에 찬물을 끼얹을 용기가 나지 않아 말하지 못했다.

그러나 오늘은 다르다. 정기 휴일이다. 분식집 문을 닫고 여자의 모친은 딸과 사위에게 말할 기회를 기다린다. 조만간 그들의 도움은 필수적이다. 딸은 눈에 띄게 마른 부친의 얼굴에 시선을 멈춘다. 펼쳐져 있는 이부자리도 딸의 심기를 건드린다. 처음으로 시어머니와 왔는데. 아랑곳 않고 여자의 부친은 앙상한 손 위에 놓인 작은 상자를 내민다. 외손자에게 주는 돌 선물이다. 앙증맞은 방울이 끝에 달린 은수저 한 벌이다. 부친의 무언가가 달라졌다. 그는 담배도 피울 수 없고, 자신의 아내를 원망하고 구박할 힘도 없다. 그는 아기를 보려고 손을 내밀고 아기는 사위 팔에서 외할아버지의 손으로 넘겨진다. 아기와 눈을 맞추고 싶지만 아기는 자고 있다. 기력이 없어 보이는 외할아버지는 온 힘을 다해, 마치 이것이 마지막으로 외손자를 품에 안아보는 것처럼 비장한 표정으로 외손자를 품에 안는다. 게다가 이 아기는 노인에게 몇 번째의 손자인지 확인할 길이 없지만, 품에 안아보는 첫 손자이며 어쩌면 그를 할아버지라고 부를 유일한 손자가 될 것이다. 사위와 아기와 외할아버지가 방에 있는 동안 세 여자, 외할머니와 딸과 사돈은 식당으로 나와 앉는다.

외할아버지의 건강 상태는 아주 심각하다. 암이다. 발견한

지 두 달이 넘었다. 병은 막바지까지 진전됐다. 곧 죽을지도 모른다. 기적이 일어나지 않으면 그럴 것이다. 그렇지만 모친은 기적을 기다린다. 그래서 아마도 조만간 분식집을 처분해야 할 것이다. 어디서 어떻게 시작해야 할지 모르겠지만 먼저 병원 근처로 거처를 옮겨야 할 것이다……. 모친의 넋두리가 길게 이어지는 중 여자는 심한 두통을 느낀다. 딸은 호들갑스럽게 반응을 보이지 않으며 섣부른 해결책을 내어놓지도 않는다. 온 마을이 잠들어 있는 한밤중. 과감히 이웃집 소녀의 손을 끌고 고향 마을의 재를 넘어 도망친 철없는 소년에 가까운 사진 속의 젊은 부친의 모습을 떠올린다. 세상의 모든 소란스러운 것들은 때가 되면 다 끝난다는 깨달음이 여자 가슴에 못을 박는다. 어떻건 여자 혼자 결정할 수 있는 것은 아무것도 없다. 몇 가지 정보가 더 주어지지만 어느 누구도 이런 상황에 제안할 현명한 말을 떠올리지 못한다. 모두들 모친의 이야기가 끝나기를 기다리며 고개를 숙이고 앉아 있다. 어느새 아이를 안고 밖으로 나온 사위도 얘기를 듣는다. 무언가 위로의 말을 해야 한다고 생각하는 사돈 부인은, 자신도 나이가 들어가기에 말할 수 있지만 사람은 언젠가 한 번은 간다, 그러니 겁내지 마시라, 는 등의 말이 입술까지 나왔지만, 꿀꺽 삼킨다.

사태는 이미 아기를 가지고 부산을 떨 때가 아니다. 사위와 사돈이 사태를 파악하고 불편해하는 눈짓을 교환한다. 그렇다고 사돈의 넋두리가 끝나자마자 벌떡 일어설 수도 없다. 또 너무 오래 머무르는 것은 환자를 돌보며 분식집까지 혼자 떠맡고 있는 사돈에게 예의가 아니다. 여자의 시어머니와 친어머니, 남자의 친어머니와 장모는 서로 깍듯이 예의를 갖추었고, 그래도 역시 며느리에 대한 권한을 가진 것은 시어머니 쪽이다. 해가 뉘엿 기울자 시어머니는 살갑게, 걱정스러운 어투로 며느리를 불러 눈짓을 한다. 어멈아, 자, 이제 그만 가자. 예정했던 저녁식사를 고사하고 식구는 일어선다.

네 식구는 외할머니가 싸준 밑반찬 그릇을 차 안에 가득 싣고 귀가한다. 외할아버지는 끝내 아기와 눈을 맞추지 못했다. 아기가 깨어 눈을 방끗 떴을 때, 투약 효과로 외할아버지는 깊은 잠에 빠져 있었기 때문이다. 아기뿐만 아니라 결국 아무도 그에게 인사하지 못하고 그곳을 떴다. 이런 식의 친가 방문은 그다지 자주 하기 어려울 것임을 여자는 시어머니와 남편의 얼굴 표정을 보고 알아차린다. 그렇다고 시어머니가 불평을 한 것은 아니다. 이 할머니에게는 큰 욕심이 없다. 오랫동안 혼자 살아온 사람의 지혜로 불협화음의 요소를 애초에 제거한다.

아기의 돌이 지나고 몇 개월 후 남자도 마침내 승진한다. 그 회사의 직급으로는 과장이다. 남자의 월급은 이제 여자 월급의 한 배 반 정도가 될 것이다. 다만 작은 문제가 있다. 승진은 승진이되 지방 발령이다. 당장 다음 달부터 지방으로 근무하러 떠나야 한다. 사실 남자는 조만간 지방 발령이 나리라는 것을 감으로 알아채고 있었다. 여러 지방에 공장을 두고 있는 이 회사의 직원이면 누구나 최소한 한 번은 지방 발령을 받는다. 이런 발령이 승진으로 연결되는 경우가 심심치 않게 있었지만 이 년이나 앞당겨진 승진이다. 남자를 각별히 아끼는 상사가 지방 부서의 책임자로 가면서 남자의 이례적인 승진을 적극 추진했다는 소문이 파다하게 퍼져 있다. 남들이 보기에도 부당한 것은 아니다. 남자의 성실성과 인간성, 대인 관계와 실력, 동호회나 취미 생활을 통한 동료에 대한 봉사 점수에서 남자는 두루두루 최고점을 받은 것을 누구나 알고 있다. 그러나 이 년이나 앞당기는 것은 너무 빠르다. 상사와 남자 사이에는 석연치 않은 거래가 있다. 회사 안의 쑥덕공론은 남자 귀에 들어온다. 그렇다고 지방 발령은 물론 승진을 고사할 수도 없다. 남자의 얼굴은 어둡다. 남자는 이 승진을 두 손 들고 환영할 수 없다. 이 승진은 남자에게는 먹구름이다. 가족과 떨어져 직원용 사택에서 혼자 사는 것이 남자에게 먹구름을 안겨주지 않는다. 그 무거운 먹구름은 느낌으로 이루어져 있고 아무에게도, 가족에게는 더더욱 말할 수 없기에 더욱 짙다.

남자가 어떤 사람인가. 이런 방면으로는 은밀하면서도 완벽주의자 아닌가. 남자가 '손장난'이라고 부르는 매출장부의 조작은 어느 누구도 알아챌 수 없을 만큼 깜쪽하게 처리되었다고 남자는 자부한다. 그러나 어느 날 불려 나간 상사들과의 오붓한 술자리에서 남자는 그들이 자신의 '손장난'에 대해 알고 있음을 눈치챈다. 그들은 남자를 안심시키기까지 했다. 술 취한 김에 하는 농담을 가장해 그들은 회사 안에서 가외의 푼돈을 모으는 '구리지 않은' 방법에 대해서도 넌지시 알려준다. 왜 상사들은 남자에게 이런 비밀을 흘리나. 남자의 '손장난'에 대해 알고 있으면서 왜 남자를 그들의 모임에 끌어들이나. 왜 그를 서둘러 승진시키고 지방으로 가까이 부르나. 결론은 너무 분명하다. 상사들은 남자가 필요하며 언젠가는 그들이 필요로 하는 일을 하게 될 것이다. 그것은 피할 수 없는 일이다. 그 무언의 조약으로 남자가 초고속 승진 발령되었다.

남자는 서너 번에 걸쳐 회사 안에서 결속력을 보여주는 상사들의 지방 출장에 수행한 적이 있다. 이들에게는 공통점이 있다. 그들은 모두 자동차광이며 그중의 한둘은 남자처럼 외제차 마니아다. 남자가 선택된 것은 그러므로 우연이 아니다. 그들은 남자가 이럭저럭 그러모은 자동차에 대한 정보와 지식을 과장되게 추켜세우며 남자가 자동차 모형 수집 취미에 보이는 정열을 재미있어한다. 남자는 이들이 출장지에서 하는 일들을 잘 알고 있으며 자신도 자발적으로, 꽤 능동적으로 이들의 행각에 참여한 바 있다. 이들과 남자는 어느새 한패다. 남자는 상사들이 조언했듯이 회사 일의 '민감한' 일들에 대해서는 절대 '마누라에게 입도 뻥끗하지' 않는 것을 배운다. 바로 그런 상사의 선에 그가 줄 서 있기에 그의 승진 발령은 아직은 전모가 드러나지 않은, 어쩌면 그 정도의 위치에서는 결코 전모를 알 수도 없는 비밀스런 계획에 그가 연루될 수밖에 없다는 것을 의미한다. 어떻게 끝을 내나, 생각해보지만 질문을 던질 때마다 막연한 두려움은 구체적으로 키가 자란다. 그가 저지른 것에 비해 몇 배나 증폭된 두려움이 그를 수시로 사로잡지만 그로 인해 그는 더욱 긴밀하게 그들과 연루된다. 그가 승진과 지사 발령을 여자에게 전하면서 어두운 표정을 감추지 못한 말 못 할 이유다. 곧 위궤양에 걸릴 것 같은 남편의 표정을 보고 여자는 남자를 위로한다. 여자도 아기를 데리고 수시로 남자를 보러 갈 것이다. 두둑한 지방 근무 수당에 출장비도 있으니 남자도 자주 올라오라. 남자는 복덩이다. 인상 쓰지 말고 웃자. 여자는 남자를 간질인다.

이제 그들은 더 이상 궁상맞은 생활을 할 필요가 없다. 여자는 이런 변화가 싫지 않다. 일 년 가까이 돼가는 시어머니와의 생활은 확실히 영원히 유지할 것은 못 된다. 아이를 유치원에 보낼 때까지, 이라는 여자의 속생각은 투명 유리처럼 시어머니에게도 비쳐지기에 여자도 시어머니도 남자도 각자의 입장에서 내보일 수 있는 최상의 카드에 대해 고심하기 시작하던 즈음이다. 모두에게 아직 시간이 있다. 아기는 이제 겨우 두 살을 향해 느린 걸음마를 하고 있는 중이다. 그들 중 어느 누구도 앞으로의 생활이 어떻게 진행될 것인지 알 수 있는 사람은 없다. 그러니 미리 걱정하지 말자, 는 쪽으로 가닥이 잡힌다.

남자가 새로 정착한 K시는 일주일도 안 돼서 남자의 손바닥에 지어진 것처럼 환하게 잡혀온다. 한마디로 회사일 외에 딱히 할 일이 없는 소도시다. 다수의 회사들이 비교적 값싼 부지와 상대적으로 양호한 교통편으로 인해 이 도시에 지사를 세웠다. 회사에서 제공한 남자의 소형 아파트는 사무실에서 오 분 거리에 있다. 일주일 내내 빈 듯 조용하다가 주말에는 방문하는 가족이나 친지들로 채워지는 밀, 썰물의 원리를 반복한다. 남자의 생활도 다를 바 없다. 여자가 아기를 데리고 남자를 보러 온다. 그러나 이런 상황이 오래 계속될 수는 없다. 일단 어린 아들을 데리고 움직이는 일은 보따리 수만 해도 거의 이사에 방불하다. 남자가 서울의 집으로 오면 모두가 편하지만 모든 일이 편한 대로만 진행되지는 않는다. 처음에는 한 달에 두 번 오더니 뜸해지기 시작한다. 어느 곳에 한번 정착하면 남자는 쉽게 적응하며, 되도록이면 움직이지 않는 부류에 속한다는 걸 여자는 잘 안다. 남자가 집에 올 이유보다 오지 못할 이유가 수적으로 우세하다. 그래서 남자는 주말에도 지방에 남아 있다.

주 중의 남자의 근무 생활에도 새로운 것은 없다. 주말은 다르다. 언제일지 모르지만 기필코 닥치고 말 일에 대한 두려움은 몸을 움직이게 한다. 남자는 서울 집도 편치 않다. 무섭다. 남자가 도저히 빠져나올 수 없는 먹구름의 정체에 대해 여자에게 실토할 것만 같다. 남자는 열심히 움직인다. 남자 특유의 망각의 방식이다. K시 주변의 이름난 산과 계곡으로 남자 특유의 활동 반경이 조금씩 넓어진다. 그곳에서도 패거리가 생기고, 또 가끔 서울 팀들이 내려와 합류한다. 남자는 그곳에서도 등산 동호회를 조직하고 총무로 선출된다. 남자를 고속 승진시키고 그곳으로 데리고 내려온, 지금은 지사장의 직책을 맡고 있는 상사가 회장으로 추대되어 금일봉을 전달함으로 발대식을 간단히 치른다. 남자의 주말은 주 중보다 더 분주해진다. 발령받을 당시의 막연한 두려움을 회원들이 좋아할 등산 코스를 찾아 헤매는 발품으로 날려 보낸다. 실제로 웬만한 문제는 눈앞에 펼쳐진 자연경관에 비하면 다 시시껄렁해 보인다. 역시 구체적인 것이 추상적인 것보다 강렬하다.

남자의 주변에는 사람이 꼬인다. 아이들 교육 문제로 대도시에 식구를 놔두고 홀로 와 있는 중년의 아버지들, 남자와 같은 처지에 있는 동료들, 어디서 무슨 일을 하며 사는지 알 길 없고 또 알고 싶지도 않은 혼자인 남자들이 포진해 있다. 이들 주변에는 어떻게 조달되는지 알 수는 없지만 수단 좋은 동료들이 몰아온 여자들 또한 부족하지 않다. 주말이 시작되면 그들은 몰려다니며 인근의 외딴 계곡과 등성이에서 카드와 여자들을 끼고 주말을 보내느라 바쁘다. 비용이 어디서 나오는지 이런 술자리는 늘 풍성하다. 남자는 시간이 나지 않아서 서울까지 갈 수 없다. 남자의 빈 아파트에 전화는 길게 길게 자주 울리고, 통화가 되어도 남자는 말을 아끼며 대화를 연장하기 위한 여자의 질문에 대한 남자의 대답은 짧고 건조하다.

여자와 있어도 남자는 멍하게 다른 생각에 빠져 있기 일쑤다. 언제고 남자는 피곤하다. 여자는 남자를 안다. 큰 걱정 하지 않는다. 남자가 위험천만한 연애에 빠진다거나, 그들의 관계나 가정이 난파할 정도로 어떤 일에 애착하는 일은 없을 것이다. 그는 그런 사람이다. 그래서 더 무섭기도 하다. 남자에게는 중요한 일이 없다. 여자가 늘 맘이 편치 않은 이유다. 그는 겁 없이 큰일을 저지를 소지가 있는 사람이다. 어느 날 그가 일을 저지를 때, 그것은 여자가 상상하지도 못할 미증유의 어떤 것이리라는 것을 여자는 직감으로 안다.

여자는 집으로 올라오지 않는 남편에게로 간다. 거의 새로운 회사나 다름없는 발령지에 가 있는 아들이 집에 올 시간이 없을 정도로 바쁜 것을 모친은 이해한다. 며느리가 애를 데려가지 않는 것은 마땅치 않지만, 그 상황 또한 이해한다. 오랜 시간 지방에서 살았던 터라 아들 따라 올라온 이 대도시에서 놀러 갈 친구도, 딱히 방문할 친척도 드문 상황에서 아기가 옆에 있는 것은 노인에게 다행이다. 조금씩 움직이기도 하며 모서리에 부딪치고 먹어서는 안 되는 먼지 같은 걸 입안에 집어넣어 감시가 필요하기는 하지만 아직까지 아기의 주된 활동은 자는 일이다.

학교 다니는 내내 집을 떠나 혼자 생활을 해왔던 남자에게 지방에서 혼자 생활하는 것은 그다지 고달프지 않다. 솔직히 말하면 오랜만에 신선한 면도 없지 않다. 남자에게는 매주 내려오는 부인이 조금 어색하다. 그들은 더 이상 신혼도 아니고 매번 여자를 칙사 취급할 수도 없다. 주말에 오는 여자는 결과적으로 남자의 사회생활에 방해가 된다. 아기까지 두고 내려온 부인을 동호회 운운하며 혼자 버려둘 정도로 남자가 구닥다리도 아니다. 한두 번, 서너 번은 그랬지만 명색이 총무인 그가 주말 산행을 매번 빠질 수는 없다. 마침내 남자는 여자를 집에 두고 산행을 감행한다. 여자는 좀더 적극적으로 남자의 새로운 생활에 개입한다. 남편이 새로 사귄 동료나 친구, 상사들을 발령지의 작은 아파트에 초대한다. 여자는 자연스럽게 남편의 주말 산행에 합류한다. 부하이며 동료이자 동호회 총무인 남자의 아내에 대한 배려로 그들의 산행은 몇 번은 조심스러웠지만 그들의 습관이 바뀌기는 어렵다.

어느 날 두 명의 여자를 데리고 남편의 상사가 나타났을 때 여자는 그 무리들이 이끌어온, 남편이 총무를 맡고 있는 이 산행의 성격을 알아차린다. 피가 거꾸로 치솟는 것 같은 분노의 순간이 있었지만 여자는 목적지까지 올라가는 동안 목에서 올라오는 외침을, 총무인 남자와 남자의 상사라는 자를 향한 욕설을, 당장 뒤돌아서 산을 내려가고 싶은 욕망을 꿀꺽 삼킨다. 여자는 입을 꾹 다문다. 여자는 이런 상황에 그 누구에게도 도덕이니 윤리니 말 한마디 뻥긋할 자격이 없다. 속에서 올라오는 대로 '썩었다', '추잡하다' 뇌까릴 수도 없다. 게다가 여자가 추정할 수 있을 뿐 아직 아무 일도 일어나지 않았다. 무리는 헐떡거리며 산비탈을 오르기에 여념이 없다.

놀라운 것은 남자의 태도다. 남자는 변명도 설명도 덧붙이지 않는다. 그는 무심하게 저만치 앞서 걸어간다. 여자는 뒤처진 여자들이 하는 얘기를 듣는다. 여자들은 여자의 눈치를 보지 않는다. 모든 정황은 좀더 분명해지고 적나라하게 드러난다. 남자가 침묵한 이유다. 이런 산행은 여자들에게 처음이 아니다. 여자들이 구두를 신고 오를 수 있는 정도의 낮은 산인데 여자는 현기증과 호흡곤란을 느낀다. 정상에 올라 일행이 마침내 자리를 잡고 벌어진 술자리에서 여자는 전략적으로 과음한다. 말없이, 눈을 내리깔고, 옆자리에 앉아 있는 남자를 의도적으로 간과하며 마시고 또 마신다. 남자도 여자의 술 습관을 잘 안다. 빠른 속도로 취기가 여자를 사로잡고, 여자는 보고 싶지 않은 장면들이 연출되기 전에 깊은 잠으로 빠져든다. 의식이 가무러지며 사람들의 소리가 멀리 뒷걸음질 친다.

백색의 잠에서 여자가 깨어났을 때는 대낮이다. 햇살이 여자 위에 내리쬐이는데도 여자는 춥다. 옆에는 남자가 무릎에 얼굴을 기대고 심심해 죽겠다는 표정을 하고 앉아 있다. 산속 빈터에 펼쳐진 술자리는 그대로 있는데, 사람들은 어디론가 흩어져 사라지고 없다. 여자와 남자는 서로의 눈을 맞추지 않는다. 아무 말도 하지 않는다. 남자의 무표정에서 읽을 수 있는 전언은 없다. 그런 식으로 그곳에 오래 앉아 있을 이유가 없다. 남자가 먼저 배낭에 소지품을 챙겨 일어선다. 남자가 여자에게 상의를 던져준다. 여자는 대낮에 덜덜 떨면서 남자의 뒤를 따라 산을 내려온다. 남자와 여자 사이의 이 미터의 거리는 줄어들지 않는다.

　이날의 산행에 대해 여자도 남자도, 아마 영원히, 함구한다.

11

아, 여름이다. 장마도 지났다. 폭염의 시작이다. 그래도 여자는 늘 여름이 좋다. 열대야가 있어도 여름을 빼고는 인생을 생각할 수 없다. 남자도 여름을 좋아한다. 할머니도 여름을 좋아한다. 할머니가 손자를 봐주는 명목으로 아들 내외와 동거한 지 벌써 이 년이 돼간다. 즉 이들의 아기가 두 살을 향해 가파른 걸음마를 하는 여름이 다가왔다. 성큼, 너무 깊게. 그사이 할머니의 몸무게는 눈에 띄게, 확실히 오 킬로그램 이상이 빠졌다. 동네에서 만나는 사람은 누구나 칭찬한다. 할머니는 더 갸름해진, 더 젊어진 몸매와 표정을 가지게 됐다. 그렇지만 오 킬로그램은 아무래도 그 나이에 의심할 만한 체중 감량이라 병원에서 종합 건강검진을 받는다. 아무 이상은 없다. 노안의 진행과 골밀도 저하 같은 몇 가지 젊은 노년을 방문하는 자연스런 쇠퇴 현상을 제외하고는. 다행히, 아기는 튼튼하고 이제는 물건을 잡고 일어서며 집의 모든 모서리에 한번 정도는 부딪칠 정도로 활동적이 된다. 할머니가 하루 종일 아기를 업거나 안고 있는 일은 더 이상 불가능하게 된다. 아기는 통통하고 뼈와 키와 지혜가 자랐다.

결론적으로 할머니는 여름이 다가오는 즈음 항복의 표시로 두 손을 들고 흔들면서 고통을 호소한다. 그건 육체적인 고통이기보다는 지루함이나 향수, 가벼운 우울 증상 같은 심리적인 고통에 더 가까운 것이다. 아들 부부는 그것이 '사방이 쑤시는' 육체적 고통으로 변질될 수 있음을 백분 이해한다. 여자의 부친의 병세가 점점 나빠져가고 있어서 그들은 노인의 건강 문제에 대한 불평 앞에서 무조건 침묵한다. 결국 할머니는 아들 부부에게서 원하는 것을 얻어낸다. 한 달간의 휴식을 위한 귀향. 아기도 아들도 좋고 며느리도 싫지 않지만 할머니는, 시집온 후 거의 반생 이상을 보내고 떠나온 그곳이 갑자기 그리워진다. 고향에서 멀지 않은 옛 동네에서 친구, 친척도 만나면서 쉬지 않으면 몸에 당장이라도 탈이 날 것처럼 심장이 조여온다고, 아들에게 절실한 목소리로 말한다.

며느리는 특히 할머니의 고충을 잘! 이해한다. 그러나 한 달은 정말 곤란하다. 아기 때문이다. 두 살도 안 된 아기를 집에 혼자 두고 일을 나갈 수는 없다. 그렇다고 여자나 남자가 한 달 때문에 직장에 휴직을 신청할 수는 없다. 일단 그러기에는 너무 늦었고 신청을 한다고 해도 받아들여질 리가 만무하다. 어머니는 참, 좀더 일찍 이들 내외에게 말했어야 했다. 할머니에게는 문제가 생겼을 때, 어떤 단계에 이르러 나 몰라라 뒤로 나자빠지는 경향이 있다. 아들도 며느리도 그것을 알고 있다.

할머니와 며느리는 긴 논의 끝에 할머니의 지방행을 한 달에서 삼 주일로 하향 조정한다. 주말에 남자가 급히 집으로 올라온다. 사실 남자는 전보다 좀더 자주 집에 온다. 특히 상사가 추태를 부린 그 산행 이후부터. 부부는 사방에 수소문한다. 아파트 단지 옆 동에 사는 젊은 엄마에게서 겨우 이 주일의 동의를 받아낸다. 그 정도는 낮에 아기를 봐줄 수 있다. 나머지 한 주일은…… 나라의 복지정책 전반을 성토해보아야 뾰족한 수가 없다. 한 주는 부부가 같이 휴가를 낼 것이다. 남자는 이 한 주의 기회를 백분 활용한다. 그래, 바캉스 가자. 여자 마음을 확 사로잡는 바캉스로 벌어진 부부 사이의 거리를 좁힐 수 있을 것이다. 여자는 그 기회를 준다.

　할머니의 고향 나들이 준비가 은근하고도 철저했던 만큼 아들 부부의 바캉스 준비는 분주하고 탐욕스럽다. 남자의 제안은 설득력이 있다. 삼박사일의 휴가 준비에 남자는 눈에 띄게 정성을 쏟으며 매주 집으로 온다. 할머니는 눈치가 빠르다. 뭔지 모르지만 부부 사이에 먹구름이 생겼다. 며느리 속이야 속속들이 들여다볼 수 없지만 아들은 잘 알고 있는 모친은 대강 상황을 짐작한다. 그렇지 않고서야 저렇게 매주 집으로 올라올 수 없다. 뭔 일이 생겼다. 모친은 아들이 안쓰럽다. 돕고 싶다. 인색하다고는 할 수 없어도 계산에는 다소 짠 편에 속하는 시어머니가 놀랍게도 아들 부부에게 휴가 비용에 보태 쓰라고 용돈을 준다. 그사이 아들이 준 용돈으로 부은 적금을 탔다고 했다. 그 적금에서 뭉텅 떼서 아들과 며느리에게 준다. 수표로 찾은 돈을 건넬 때 할머니 자신의 가슴이 철렁할 정도다. 그러나 언제 또 이런 기회가 있으랴. 할머니는 고향 길에 오르기 전 감상적이 되며, 정든 아기에게 미안하기도 하다. 할머니는 손자를 품에 꼭 안고 몇 번이고 유심히 들여다본다. 할머니는 손자를 정말 사랑한다. 젊은 할머니의 눈시울과 콧등이 붉어진다. 만약 이 여윳돈이 생기지 않았다면 젊은 부부의 바캉스는 다른 식으로 전개되었을지도 모른다. 물론 아무도 알 수 없는 일이다.

남자의 바캉스 준비는 렌터카로 시작된다. 해외여행에서 도심 호텔 숙박까지 다양한 휴가 계획이 열거되었다. 누구나 하는 해외 단체 여행에 어린 아기를 데리고 가서 고생할 생각 없다. 고급 호텔에서 제공하는 몇 가지 프로그램을 따라가는 늙은 부부식의 바캉스는 질색이다. 그러다가 부부는 산속 계곡에서 삼박사일 야영하는 쪽으로 방향을 잡는다. 역시 두 사람의 기호와 가치관과 이념은 서로 통하는 데가 있다. 사실 남자가 봐둔 환상적인 장소가 있다. 여자와 아기를 데리고 가서 모든 것을 다 잊고 며칠 푹 쉬고 싶은 곳이다. 계곡을 마주한 절벽 위에 깜짝 놀랄 만큼 안온한 평지가 있다. 길 입구까지 차도가 나 있으며, 나무에 가려진 입구만 넘어서면 차가 들어갈 수 있는 비밀스런 흙길이 나 있다. 조금 위험한 모퉁이가 한 둘 정도 있지만 위험을 내장하지 않은 아름다움은 없다. 바로 몇 달 전 남자가 텐트를 구입한 것은 이때를 위한 것인가 보다. 남자를 포함한 등산 동호회의 회원들은 최고급 소재에 국제인증필이 부착된 독일제 캠핑용 텐트를 단체로 구입한 바 있다. 가벼우며 설치도 쉽고 정말 질긴 소재의 유명한 마크의 텐트다. 바캉스 열기가 조금씩 미리 달아오른다.

여자도 남자도 짜릿한 휴가를 선호한다. 남자는 비장의 제안을 한다. 남자는 최고급형의 렌터카를 수소문하는 중이다. 뒷좌석이 넓은 차, 두 사람이 뒹굴 수 있는 가죽 시트를 구비한 차라면 더 좋다. 좌석 넓이를 생각하면 리무진이 좋다, 그러나 산길에 리무진은 개 발의 주석 편자다. 다음 기회를 기약하자. 남자는 약속한다. 남자는 렌터카 회사들의 사정을 어느 정도 알고 있다. 남자의 마음에 드는 차를 구하려면 고생 좀 해야 할 것이다. 남자가 나열하는, 남자가 한 번쯤 타보고 싶은, 아니 남자가 언젠가 꼭 타보고야 말 외제 차종의 이름들은 여자에게는 신비의 문을 여는 비밀 암호 같다. 이런 차를 빌리기 위해서는 해외여행이 불가피하다. 다음 휴가는 해외로 가자. 그러나 이번에는 국내에 만족하자. 여자가 관심을 두지 않는 분야지만 그래도 귀에 익은 몇 개의 고급 승용차 차종이 거론된다. 너무 비싸지 않을까. 그들은 야영을 할 거고 달릴 기회도 많지 않은데. 과용 아닐까. 그건 여자의 생각이다. 캠핑하는 동안에도 달릴 것이다. 한밤중 도로가 비었을 때 드라이브의 진짜 맛을 보여주겠다. 렌트 비용? 물론 비쌀 것이다. 확실한 과용이다. 그게 바캉스다. 이번 여름휴가에는 돈을 생각하지 말자! 여자도 동의한다.

남자가 제안한 절벽 캠프 프로젝트는 점점 더 여자의 마음에 든다. 그러나 흥분이 가라앉자 의심하지 않을 수 없다. 남자는 어떻게 이 장소에 대해 그렇게 잘 알며 왜 이곳을 고집하는가. 여자가 묻는 이유를 남자는 안다. 남자는 옳은 판단을 내린다. 그는 있었던 일을 솔직하게 말한다. 팀과 같이 갔다. 계곡을 오르던 중 그들은 한곳에 자리를 잡았다. 그 장소를 찾아낸 것은 바로 그 자신이다! 그러나 자리가 무르익었고, 그 장소를 상사에게 양보했다. 꼭 한번 다시 가고 싶다. 그게 다다. 여자의 뜨거운 시선과 무거운 침묵에 남자는 덧붙인다. 거짓말하고 싶은 마음 없다. 그날도 조달된 여자가 있었다. 그런데 아무 일도 없었다. 남자는 과장해 말한다. 그 여자는 밥맛이었다. 믿고 싶지 않으면 믿지 않아도 좋다. 잠시 남자는 폭풍을 예상한다. 여자는 잠시 절벽 앞에 서 있다. 모든 걸 뒤엎을 기회가 여자에게 있다. 여자의 짧은 침묵에 남자는 생각한다. 폭풍 이상의 것이 닥칠지도 모른다. 일종의 발작 같은 것, 아니면 히스테릭한 웃음.

놀랍게도 폭풍은 없다. 남자의 솔직한 고백은 여자를 자극하고 흥분시킨다. 여자는 믿기로 한다. 그렇게 좋은 곳이라고? 절벽 끝까지 가고 싶은 욕구가 여자에게 일어난다. 그들은 그들 인생의 최고의 바캉스를 보낼 것이다. 싫은가? 아기는 뒤뚱뒤뚱 아슬아슬 걸음마로 아빠와 엄마가 서 있는 사이를 돌아다닌다. 아빠는 아이를 번쩍 안아 천장에 붙일 듯 들어 올린다. 아기를 공중에 던진다. 자, 우리 아기 난다, 난다, 난다……. 아기가 바닥에 떨어지기 전에 능숙한 동작으로 아이를 다시 받아 올린다. 아이를 다시 천장에 붙일 듯 들어 올린다……. 아기가 까르륵거리며 좋아하는 놀이다. 여자는 조마조마한 마음으로 남자와 아이를 번갈아 바라본다.

12

세상의 멋진 차들은 다 어디로 갔나? 결정적으로 남자는 너무 일찍 태어났거나 장소를 잘못 골라 태어났다. 남자가 머릿속으로 그려보는 어떤 차도 실제로 만나기는 쉽지 않다. 렌터카 산업의 어두운 국내 현황에 개탄하면서 남자는 휴가 주일 전까지 남은 여가 시간을 렌터카 회사를 뒤지는 데 사용한다. 한정된 숫자의 회사들을 한 바퀴 휘도는 것은 한나절로 충분하다. 그의 전문 영역이라 할 수 있는 외제차도 스포츠카도 아예 얘기를 꺼내지 말자. 남자는 대여 상품으로 나와 있는 고급형 차량을 거의 모두 타본다. 이미 파악하고 있는 현실을 쓸쓸하게 확인한다. 남자에게는 불가능한 최선을 고집하지 않는 융통성이 있다. 늘 차선이 존재한다. 남자는 출시된 지 채 일 년도 안 된 최고급 승용차를 택한다.

며칠간 그들 소유가 될 고급형 차는 실내가 넓으며 장미무늬의 나무 장식은 고급 호텔을 연상하게 한다. 역시 그 정도의 차로서는 검은색이 중후한 느낌을 주지만 남자는 검은색은 피하고 싶다. 남자는 대체적으로 까다롭지 않지만 색에 민감하다. 렌터카 회사 직원은 지점에 연락을 해본다. 선택할 여지도 없다. 나와 있는 상품은 검은색뿐이다. 남자는 어쩔 수 없이 시대가 선호하는 검은 고급 승용차로 낙착을 본다. 보험료가 비싸다. 상관없다. 남자는 두번째 시운전을 해본다. 부드러우면서도 민감한, 민감하면서도 무게감이 있고, 무게감이 있으면서도 안정된 속도감을 준다. 가죽을 입힌 핸들은 남자의 손바닥에 찰싹 와 달라붙는다. 남자는 벌써 국내 최대 배기량을 가진 이 차를 사랑하기 시작한다.

남자의 선택은 탁월하다. 국내 최초의 에어백과 전륜구동은 야영지 여행에 혹시 발생할 수도 있는 사고의 위험에 심리적인 안정감을 준다. 여자는 손끝에 닿자마자 벌써 짜릿한 안락함을 전달하는 가죽 시트와 냉장 쿨박스에 격앙하지 않을 수 없다. 모든 준비가 끝났다. 삼박사일에 필요한 여행 물품들을 차 뒤 칸에 쓸어 넣고 그들은 출발한다. 두 시간 반이면 도달할 수 있는 캠핑 장소에 그들은 무려 다섯 시간이나 걸려 도착한다. 저주할 만한 휴가철의 정체 때문에 놀라운 서스펜션 기능이 있는 이 고급 승용차가 낸 최대 속도는 시속 팔십 킬로미터일 뿐이다. 그러나 분을 낼 필요는 없다. 그들이 서둘러 가야 할 곳은 없다. 그리고 결국 그들은 산 밑에 도착했다. 자동차는 포장된 산길 소로를 가득 채우며 부드럽게 올라간다.

남자가 눈독을 들인 절벽 위의 야영 장소는 놀랍다. 역시 등산 동호회 총무의 선택답다. 입구가 나무에 가려져 있어, 잘 아는 사람이 아니면 찾아내기 어려운 곳에 숲에 둘러싸인 놀라운 평지가 숨어 있다. 저 아래 보이는 가파른 계곡의 야성적인 물줄기가 절벽 위에 마련된 안온해 보이는 숲 속의 편안한 자리를 더욱 돋보이게 한다. 남자가 차에서 텐트 칠 터까지 짐을 옮겨오는 사이, 여자는 품 안의 아기가 깜짝 놀랄 정도로 에너지 넘치는 목소리로 '야호'를 연거푸 부르짖는다. 아기가 아무 데나 돌아다니지 않도록 조심하면 위험한 것은 없다. 남자의 말대로 역시 좋은 텐트는 다르다. 십 분도 안 되어 아늑한 잠자리가 마련된다. 역시 그 방면의 베테랑답다. 절벽을 받치고 있는 바위는 단단하고 텐트가 설치된 빈터 주위로는 나무가 둘러쳐져 안온하기가 자연 한가운데 서 있는 호텔 침실도 부럽지 않다. 여자는 칭찬을 아끼지 않는다.

이른 저녁을 가벼운 대용식으로 마치고 눈을 드니 깜짝 놀랄 만한 장관이 펼쳐져 있다. 마치 남자와 여자를 위해 예약해놓은 것처럼 하늘 화면이 움직이기 시작한다. 둥글둥글한 커다란 구름 조각들이 겹쳐져 두 개의 날개를 펼치고 나는 새들처럼 줄 서서 움직인다. 아직 완전히 산 너머로 사라지지 않은 해가 구름과 섞여 가지각색을 만든다. 색에 강한 남자조차도 이름을 댈 수 없는 유일무이한 색들이다. 신비하다. 아름답다. 멀리 산 중턱을 둘러싸고 있는 흰 물안개도 폼 난다. 사방은 온통 청황색, 검보라색, 주황색, 청람색…… 남자는 색을 뒤섞어본다. 색의 향연은 매 순간 변한다. 남자도 여자도 한동안 가만히 침묵한다. 간이 식탁 가에 남자의 무릎에 앉은 아기도 멀리서 움직이는 것들을 눈을 크게 뜨고 집중한 듯 바라본다. 여자가 찬탄하며 나지막하게 외친다.

"아, 기분이 이상해. 우리가 모두 작게 줄어드는 것 같애!"

남자 편에서 대꾸가 없다. 한순간 어둑해진 저녁 빛 속, 남자의 얼굴에 떠오른 불안정한 흥분이 전자파처럼 여자에게 전달된다. 남자는 한동안 아기와 여자를 망설이듯 번갈아 바라보더니 무릎의 아기를 여자에게 넘긴다.

"한 바퀴 돌고 온다. 애하고 먼저 자. 텐트 입구 꼭 닫는 거 잊지 마라."

남자는 차 열쇠를 들고 일어선다. 여자는 남자의 자연스러운 단호함에 놀라고 압도되어 아무런 대꾸도 하지 못한다. 휴가철의 전 구간 정체에 갇혀 있으려고 고가로 차를 렌트하지 않았다. 밤의 빈 도로를 마음 내키는 대로 질주하고 싶은 남자의 욕구를 여자는 이해한다. 아기만 없었어도 여자는 남자의 옆자리에 앉아 한밤중 빈 도로 위에서 빛을 내는 남자의 운전 솜씨를 즐겼을 것이다.

산속에서 맞는 석양은 짧다. 아직 저 멀리 산등성의 짙은 푸른색에 붉은 기가 배어 있지만 그것은 곧 사라질 것이고 사방은 완전한 어둠에 휩싸일 것이다. 황혼의 여진은 거짓말처럼 한순간 사라진다. 갑자기 거대하게 덮쳐오는 숲의 검은 윤곽에 여자는 무섭다는 말도 입 밖에 내지 못한다. 랜턴 하나를 켜들고 남자는 숲길을 걸어 멀어져간다. 잠시 후 자동차의 부드럽고 달콤한 시동 소리가 들린다. 엔진 소리를 머금고 어둠은 더욱 깊어진다.

여자는 더듬더듬 텐트 안으로 숨어들어가는 일 외에 달리 할 일이 없다. 하루의 긴 여정에 지친 아기는 수월하게 잠든다. 아기의 고른 숨소리 덕분에 텐트 안은 안온하다. 거의 따사하기까지 하다. 여자는 눈을 감고 기다린다. 잠, 남자, 아침? 여자도 자신이 무엇을 기다리는지 잘 모르겠다. 남자의 한 바퀴는 아주 멀고 길다. 무엇이 무서운가. 여자는 텐트 안에서 아이를 꼭 껴안고 자신이 정말 무서워하는 것이 무엇인가를 하나하나 짚어가면서 무서움을 이기려고 애쓴다. 다행히 잠이 든다.

희뿌연 새벽, 여자는 남자가 묻혀가지고 들어온 밖의 냄새에 깨어난다. 새벽 습기를 빨아들인 해면처럼 남자 몸은 무겁다. 몽롱한 중에 여자는 좁은 텐트 안에서의 부산스러운 정사가 깊이 잠들어 있는 아기를 깔아뭉갤까 두려워 감히 몸을 움직이지 못한다. 하기는 그럴 시간도 없다. 여자가 잠에서 미처 깨어날 시간도 없다. 남자는 격렬하고 다급하게 여자 위에서 사정을 끝낸다. 그렇게 무사고 귀환 도장을 찍는다. 남자는 곧 모로 돌아눕고 곯아떨어진다. 마침내 새벽이 텐트 밖에 와 있다. 아기가 눈을 뜨고 일어나 앉는다. 어르고 먹이고 다독거려 재우려 해보아야 소용이 없다. 어차피 일어날 시간이다.

남자가 텐트 안에서 자는 긴긴 시간 여자는 아기를 업고 숲길을 탐색한다. 멀리 가지 않는다. 길을 잃을까 두렵다. 절벽 밑 계곡은 그리 깊어 보이지 않는다. 절벽 옆으로 계곡으로 내려가는 길도 어렴풋이 나 있다. 그래도 절벽은 아찔하며 아름답다. 비밀스런 이곳을 알고 있는 사람들이 다져놓은 길로 여자는 아이를 단단히 업고 계곡까지 내려가는 모험을 한다. 여자에게는 시간이 많다. 계곡 옆 작은 웅덩이에 아기를 앉혀놓고 건성으로 물놀이를 한다. 오랜만에 할머니 없이 하루 종일 아이와 맞대면하는 시간, 여자는 복부 저 아래에서부터 기체처럼 차올라와 진저리 치게 하는 정체를 알 수 없는, 그러나 익숙한 공허감과 만난다.

남자는 낮이 기울기 시작할 때야 눈을 비비며 텐트에서 기어 나온다. 여자와 남자는 돌아가며 아기를 돌보고, 소꿉장난 같은 식사 준비를 한다. 야영지에서 남자의 음식 솜씨는 빛난다. 여자는 남자의 새 매력을 발견한다. 세 식구가 온종일 같이 시간을 보내본 것은 정말 오래간만이다. 남자는 보기보다 아이를 잘 어른다. 마치 그 일을 위해 태어난 듯. 비록 삼십 분을 넘기지 못하지만. 여자는 행복하다. 분유나 기저귀 광고에 등장하는 광고 속의 핵가족처럼 행복하다. 더 진하게 행복하고 싶은 욕구가 갑자기 불처럼 일어난다.

계곡의 해는 일찍 기운다. 석양의 빛은 사람을 마비시키는 데가 있다. 남자와 여자는 그 앞에 넋을 잃고 앉아 있다. 오늘도 어김없이 천연의 스펙터클을 제공하는 석양에 마주 앉아 그들은 포도주병을 기울인다. 여자는 서둘러 남자의 잔을 채운다. 하늘은 한시도 가만히 멈추어 있지 않다. 이동하고 변화하고 달려가며 무수한 색을 구름에, 하늘에 뿌려놓는다, 색에 일가견이 있는 남자도, 말주변이 좋은 여자도 그 장관 앞에 말을 잃는다. 황혼은 무언가를 일깨울 듯 집요하게 여자의 시선을 붙잡는다. 계곡 아래쪽에서 소소한 바람이 올라온다. 해 기울기에 정비례로 반응하듯 습기 낀 바람이 조금씩 강해진다. 안고 있던 잠든 아기를 남자가 텐트에 눕히러 간다. 누군가의 손을 잡고 석양 쪽으로 걸어가는 영상이 다시 한 번 여자를 스친다. 여자는 기억의 미미한 자락이라도 잡아보려 눈을 감는다. 그 풍경 속에는 남자도 아기도 없다. 얼굴 없는 사람과 혼자다. 갑자기 뜨거운 열기가 여자를 휩싸 안는다. 열기가 호흡을 만들고 여자의 입술이 열리며 그 호흡이 새어나온다. 그것을 여자는 이렇게 말로 해본다.

"그래! 모든 일이 다 잘될 거야!"

"무슨 일? 뭐 내가 모르는 문제라도 있니……?"

어느새 여자 앞에 와 있는 남자의 목소리에 여자는 눈을 뜬다. 여자가 본 것, 여자가 느낀 것을 남자에게 전할 방법이 없다. 알맞은 말이, 단어가 없다. 남자의 목소리가 기억 속의 풍경과 열기와 호흡 모두를 흩어버린다. 남자가 저 멀리서부터 다가온다. 채 가까이 오기도 전에 해가 넘어간다. 완전한 어둠이다. 너무 취한 남자는 밤 드라이브를 하러 나가지 못한다. 아직 그들에게는 마지막 밤이 남아 있다.

다음 날 부부는 산 밑 주변의 소도시들을 돌며 하루를 보낸다. 유명하다는 맛집에서 식사를 하고, 한 시간 이상을 달려간 유명 호텔의 스카이라운지에서 커피를 마신다. 아기는 상황을 다 이해하는 것처럼 현명한 표정을 하고 조용히 해야 할 곳에서는 고맙게도 잠을 잔다. 오후에 그들은 야영지로 돌아온다. 부부는 좀더 담대해진다. 이날도 석양의 변주는 현란하지만 남자는 아침나절 텐트 반대편 산 쪽으로 야영 테이블을 옮겨놓는다. 마치 황혼의 청황빛에서 도망가듯이 남자는 석양을 등지고 앉아 있다. 남자도 여자도 말로 발설하지 않았지만 두 사람은 하루 종일 이 밤을 준비한다. 여자는 아이가 곤하고 깊은 잠을 자도록 낮의 산책길에서 과도한 걸음마를 시키고, 지치도록 놀렸다. 여자와 남자는 서로의 눈빛 속에서 읽을 것을 읽는다. 딱 두 시간만! 그사이에 아무 일도 일어나지 않을 것이다. 산짐승이 텐트 주변까지 오지도 않을 것이고, 아이는 새벽까지 내처 잘 것이다. 먹을 것도 충분히 먹였다. 날이 기울기 전 남자가 텐트 점검하는 것을 여자는 눈여

겨본다. 언뜻언뜻 뒤돌아본 그날의 하늘빛은 검푸르고 붉다. 그날 저녁의 하늘은 놀라운 일몰의 장관을 펼쳐 보인다. 제법 빠르게 모양을 바꾸며 이동하는 독수리 모양의 불붙은 구름은 웅장하게 날갯짓을 하며 다급히 어디론가 이동한다. 여자는 텐트 안으로 들어가 외출 준비를 한다. 아기에게 보송보송한 기저귀를 갈아주고 참을성 있게 토닥거려 아기를 재운다. 여자는 아기 얼굴 가까이에 귀를 대고 숨소리를 듣는다. 기다린다. 됐다. 이러한 숨소리라면 아기는 다음 날 아침까지 내처 잘 것이다. 한밤중 산중의 무서움을 느끼기에 아기는 아직 너무 어리고 무구하다.

여자는 빛이 없는 텐트 속에서 아이를 깨우지 않으려고 애쓰며 외출 준비를 한다. 수년 전에 준비했지만, 입을 기회를 가져본 적이 없는, 파티용 원피스를 찾아 입는다. 여자가 텐트 밖으로 나왔을 때, 남자가 장난처럼 랜턴을 들어 어둠 속에 서 있는 여자를 아래에서 위로 훑는다. 이미 사방은 칠흑의 어둠이다. 남자가 내려놓은 탁자 위의 불빛 주위로 밤벌레가 몰려든다. 남자가 잔을 기울이고 있는 빛 쪽으로 여자가 조심스럽게 이동한다. 남자가 불빛을 들고, 잔을 놓고 일어선다. 그들은 처음 만난 것처럼 어슴푸레한 빛 속에 마주 서서 상대편을 바라본다. 흙바닥을 동그랗게 비추는 빛을 따라 그들은 자동차를 세워둔 숲의 입구 쪽으로 간다.

　자동차에 올랐다고 생각하는 순간 어느새 그들은 한산해진 밤의 대로 위를 달리고 있다. 어떻게 계곡의 좁고 휘어진 내리막길을 내려왔는지 아무 기억이 없다. 고속도로와 국도와 지방도로를 번갈아 가며 남자는 노련한 솜씨로 차를 몬다. 바퀴에 스펀지를 깐 것 같은 부드러운 탄력감, 거의 숨이 막혀 죽을 것 같은 고난도의 스릴. 여자는 버튼을 눌러 창문을 내린다. 바람과 속도가 갈증을 배가시킨다. 남자가 차 트렁크 안에 넣어두었던 술병 박스를 기억해낸다. 딱 한 병만! 고속도로 휴게소에 차를 세우고 두 사람은 순식간에 딱 한 병을 나누어 마신다. 남자가 다시 달리기 시작하자 여자는 아예 눈을 감아버린다. 한 병은 두 병, 네 병이 되고 곧 유쾌한 취기가 그들을 사로잡는다.

13

그들은 두 시간을 훨씬 넘기고 계곡으로 돌아온다. 다음 해에도 이런 휴가를 다시 한 번 하자고 둘이 입을 모은다. 그러자고 다음 해에도, 그다음 해에도. 영원히? 그들은 서로 무슨 말을 하는지 상관하지 않고 서로 약속을 남발한다. 돌아오는 길에 한 병 더 들이켠 술로 남자도 여자도 흥분해 있다. 가죽이 부드럽게 맨살에 닿을 차의 뒷좌석이 그들을 끌어당긴다. 누구의 방해도 받지 않고 쾌락으로 악쓰고 싶고, 온몸으로 발광하고 싶다. 남자도 여자도 입을 열지 않지만 이들은 같은 생각으로 움직인다. 남자의 말이 떨어지기도 전에 여자가 차문을 열고 나가 낮게 드리워져 운전을 방해하는 나뭇가지를 들어 올려 차가 지나갈 통로를 만든다. 그 밑으로 차는 천천히 전진한다. 작은 가지는 과감하게 꺾는다. 안 올려지는 가지는 무시하고 나간다. 긁힌 자국이 남겠지만 남자가 지불한 비싼 보험료가 감당 못할 흠집은 없다. 남자는 숲 속으로 난 흙길로 천천히 차를 몬다. 전륜구동의 차는 부드럽게 돌이 섞인 흙길의 충격을 흡수한다. 앞쪽으로 아기가 잠들어 있는 텐트가 헤드라이트 불빛에 잠시 드러난다. 그들은 텐트에서 삼사 미터 정도 떨어진 곳, 남자가 이미 보아둔 곳에 주차한다. 계곡으로 내려가는 길 옆, 절벽 위의 평평한 자리다. 앞바퀴의 반쯤은 단단한 바위 위에 놓이니 그보다 더 안성맞춤인 주차 자리는 없다. 텐트 뒤쪽으로 돌아 테이블을 치우고 그곳에 주차하는 것도 생각했지만, 그건 시간이 걸리는 일이고, 그들의 몸은 이미 그럴 여유가 없다.

남자는 절벽 건너편의 경사지의 숲을 밝히는 헤드라이트를 끄고 실내등을 켠다. 겨우 사이드 브레이크를 당겨놓자마자 남자와 여자는 엉겨 붙는다. 좌석을 눕히는 레버를 잡아당기려 서두르는 바람에 여자의 옷이 당겨진다.

이것이 기폭제가 된다. 남자는 여자의 드러난 살을 움켜쥔다. 여자도 만만치 않다. 남자는 놀라운 힘으로 덤벼드는 여자를 가까스로 좌석에 눕히고 여자를 앞질러 침투를 시도한다. 여자는 소리를 지른다. 남자도 소리 지른다. 모든 감각이 과장되어 여자와 남자를 삼킨다. 남자와 여자의 몸싸움은 씩씩거리는 호흡 속에서 말없이 진행된다. 남자가 마침내 여자 안으로 들어왔을 때 여자는 기절할 정도다. 큰 고통이 쾌락의 감각을 동반하고 공격적으로 여자의 몸을 관통한다. 눈 감은 여자의 감각 속에서 남자는 여자의 몸 전체를 뚫고 어디론가 가버리는 것 같다. 여자는 온 힘으로 남자를 흡입하고 조이고 낚아채 포획한다. 남자는 분이 난 듯이 여자 몸을 이리저리 패대기친다. 여자의 고통이 크고 오래 지속되는 동안 고함과 신음 소리가 배가된다.

여자의 머리가 남자의 아래턱뼈에 부딪치고 여자의 발길질에 남자의 경골 하반부에 격렬한 통증이 인다. 쾌락인지 고통인지 모든 것이 뒤섞여 그들은 서로 미친 듯이 소리 지른다. 그들의 입김으로 차창에 자연스러운 휘장이 쳐진다. 그들 자신보다 더 강한 어떤 것에 중독되어 동물성이 그들 존재의 나머지 것들을 모두 삼키게 내버려둔다. 일종의 광란의 순간이 온다. 그에 응답이라도 하듯이 갑자기 차체를 연타하는 강한 소리가 그들이 내지르는 격정의 소리들을 삼켜버린다. 그들의 외침을 들을 사람은 이 세상에 없다. 덥다. 뜨겁다. 남자는 한순간 몸을 재빠르게 움직여 차에 시동을 건다. 에어컨을 튼다. 살 것 같다.

그들이 등을 돌렸던 황혼, 유난히 짙푸르고 검붉은 구름 군대의 빠른 이동은 시급히 폭풍우를 목적지로 몰아가기 위해서였다. 그들이 고함치며 맞선 것은 단순한 소나기가 아니다. 더 날카로운 느낌, 더 깊은 망각적 쾌락의 탐닉으로 그들의 몸싸움이 격렬해질 때마다 육중한 차체는 앞뒤 좌우로 유연하게 움직인다. 차체가 가볍게 기울었을 때 한순간 남자와 여자를 스친 위험의 느낌은 아직까지는 그들에게는 더 자극적이다. 파국에 대한 파괴적인 이끌림은 그들의 몸을 단단하게 하고 쾌락의 감각을 더 강퍅하게 한다. 천둥이 연이어 울린다. 번개가 쉴 새 없이 뒤따른다.

상황이 급진전한다. 무언가 둔중한 것이 차에 와 부딪치는 충격과 함께 차체가 흔들리더니 그들의 몸이 격하게 기운다. 불안정해진 자세가 두 몸을 단단히 밀착시킨다. 그 와중에 그들 몸에 이상한 현상이 일어난다. 격렬하면서도 거의 공포스러운 감각의 어떤 지대를 지나, 그 붉고 깊은 터널은 끝이 나지 않을 것처럼 지속된다. 만약 터널이 더 계속되면 두 몸이 파열될 것 같은, 머리가 쭈뼛 서는 두려움을 주는 그런 자극이 남자와 여자의 몸을 더 단단하게 묶는다. 그들은 움직임을 멈출 수가 없다. 불가항력적인 명령에 복종하듯이 그들의 몸은 더 이상 그들 자신에게 속한 것 같지 않다. 남자는 온 힘을 다해 여자를 밀어낸다. 여자는 여자대로 자기 쪽으로 쏠리며 점점 더 무겁게 압박해오는 남자의 몸에서 벗어나려고 요동친다. 몸은 더 이상 그들의 의지에 따라주지 않는다. 경련처럼 그들 몸이 움직일 때마다 차체가 조금씩 더 기우는 것을 그들은 느낀다. 마침내 경련이 멈춘다. 두려움이 경련을 이겼다. 그들은 싸늘해진다. 험악해진다. 공포에 꼼짝도 할 수 없다. 남자는 여자에게, 여자는 남자에게 악을 쓰지만 목소리도 제대로 나오지 않는다. 여자는 남자에게서 벗어나려고 팔꿈치로 남자의 가슴을 친다. 남자는 여자의 몸을 누르고 일어서려고 발버둥친다.

여자의 요동에 차는 쿵 하는 소리를 내며 밑으로 내려 앉는다. 야, 움직이지 마, 너 죽고 싶어! 남자의 입에서 욕설이 터져 나온다. 박살난 차가 눈앞에 떠오르며 변상해야 할 차 값에 남자의 눈이 뒤집힌다. 그러나 차대를 두들겨대는 폭우의 굉음과 이어 계곡을 둘러싼 먼 산들을 울리며 집중포화처럼 연이어 들려오는 천둥소리와 번개가 모든 것을 삼켜버린다. 남자는 차 문을 열려고 안간힘을 한다. 문은 열리지 않는다. 어떤 오작동으로 뒷좌석의 안전장치가 가동했다. 그들의 상태에서 가장 공포스러운 것은 그들 자신의 움직임이다. 그들이 움직일 때마다 차체의 중력으로 아래로 미끄러지는 것을 그들은 느낀다. 차가 허공으로 내리 구를 것이 두려워 그들은 꼼짝할 수가 없다. 모터의 떨림도 치명적이다. 차의 시동을 끌 수만 있다면! 그러나 그들은 이제 겨우 좌석 등받이에 발을 버티고 기울어진 상태를 유지하고자 온 힘을 쏟는다. 모터의 떨림을 멈출 수 있는 방법은 지금으로서는 없다. 남자는 포기한다. 다시 한 번 무겁고도 날카로운 덩어리들이 차체에 부딪쳐 튕겨져 나가며 커다란 굉음을 만든다. 차는 공명판처럼 그 충격과 굉음으로 부르르 떤다. 끝이다.

악다구니도 성과 없는 요동도 멈춘다. 폭우와 강풍 속에 차체가 절벽에 매달려 있음을 남자와 여자는 선명하게 깨닫는다. 그들은 끝났다. 그때, 여자의 생각이 텐트에, 텐트 안에 있는 아기에게 미친다. 절벽 가까운 평지라서 흙 위에 박아놓은 텐트는 어찌 되었나. 여자는 혹시 텐트 쪽에서 들려올지도 모르는 아이의 울음소리에 귀를 기울인다. 들려오는 것은 차체를 사방에서 난타하는 빗줄기의 연속적인 타음과 성난 모터 같은 그들 자신의 가쁜 숨소리뿐이다. 아무리 튼튼한 독일제 텐트도 이 광풍과 폭우에는 견디지 못할 것이다. 흙은 파이고 텐트는 광풍에 날아갔을 것이다. 아무리 시선을 창문에 박아야 밖은 어차피 완벽에 가까운 어둠이다. 아무것도 보이지 않고 아무것도 할 수 없다. 텐트는 벌써 떠내려갔을지도 모른다. 분명 텐트는 아이를 가두고 저 밑으로 곤두박질쳤을 것이다. 여자는 온몸을 흔들며 미친 듯이 아이 이름을 부른다.

한순간 여자는 침묵하고 모든 움직임을 멈춘다. 그러다가 더 격렬하게 여자가 미친 듯이 두 손을 쳐들고 흔들면서 울부짖는다. 아가 살려주세요! 우리 아가만은 살려주세요. 잘못했어요, 용서해주세요, 제발 그 애를 살려주세요! 뒤이어 남자의 괴성이 이어진다. 그것은 이미 말이 아니다. 여자의 단말마의 울부짖음은 멈추지 않는다.

두 번, 세 번 굉음을 내며 차체 위로 크고 단단한 것들이 떨어지고 부딪치고 튕겨지며 차를 뒤흔든다. 차체는 저항하지 않는다. 무너져 내린 절벽 아래 계곡으로 직강하한다. 가라앉을 틈도 없이 물살에 밀려 요동친다. 계곡은 이미 아수라장이다. 유아의 머리만 한 돌조각들이 유리를 깨고 차 안으로 튀어 들어오고 동시에 급물살이 몰려들어와 모든 것을 삼켜버린다. 남자와 여자를 가둔 고가의 차는 바위 조각들에 부딪쳐 찌그러지고 급류에 쓸려 내려가며 모서리에 찍히고 조각이 떨어져 나가며 압착되어 계곡 모퉁이에 나뒹굴다 구석에 처박힌다. 결국 차체는 남자와 여자를 뱉어내지 못한다.

집중호우에 흙이 파이면서 단단히 박혔던 절벽의 돌이 무너져 내리고, 차체가 계곡으로 굴러떨어지며, 광폭해져 쏟아져 내려오는 계곡 물살이 그들 모두를 말끔하게 삼켜버리는 데는 길어야 오 분 이상이 걸리지 않는다.

14

후에 게릴라성 호우라고 명명된 이 폭우는 꼬박 이틀을 멈추지 않고 몰아쳤다. 한밤중 쏟아지기 시작해 새벽에 조금 뜸해졌다가 더 심해진 강풍을 동반하며 산하를 휘젓고는 다음 날 오후 늦게 멈추었다. 단시간에 계곡은 아수라장이 되었다. 하늘의 수문이 부서지며 내리쏟아지는 물로 계곡은 광활히 범람했다. 아름드리나무들이 뿌리째 뽑혀 물살에 쓸려 머리를 땅에 박고 나뒹굴었다. 무성하던 여름의 산은 재앙 후 오랫동안 방치된 원시림을 연상시켰다. 도로는 사라졌고, 무너진 흙더미가 물살을 막아 새로운 물길이 났으며, 바위들이

패어 나가면서 굴 같은 구덩이를 만들어 피해 지역 대부분의 지형은 알아볼 수 없게 변형됐다. 시멘트로 포장되었던 길도 예외가 되지 못했다. 시멘트 길은 거의 흔적을 남기지 않을 정도로 깨지고 파이고 잘려 나갔다. 그것은 무차별 물 폭격에 다름 아니었다.

구조 자체가 위험했다. 폭우가 소강상태에 들어간 다음 날 새벽이 되어서야 피해가 심한 지역부터 구조대가 투입됐다. 호우 피해 지역은 광범해 전국의 거의 모든 구조대와 구조 장비가 동원되었고, 이 지역에 집결했다. 악천후 속에서의 구조는 그대로 난투였다. 가장 피해가 심한 지역에서는 도합 다섯 명의 사상자가 발생했으며 한 계곡에서만 세 명의 야영객이 사망했다. 휴가 기간에 야영객이 몰리는 이 지방의 여러 계곡에서 구조 작업이 진행되었고 복구는 수개월이 걸릴 것으로 전문가들은 추정했으며 그 피해액은 지역 역사상 최다액으로 추산되었다.

계곡 하단부의 폭포 아래, 소용돌이가 만들어낸 회전 구간에 반은 물웅덩이 흙 속에 박혀 있고, 물 위로 드러난 반은 무너져 내린 바위 조각과 돌 더미에 뒤덮여 있는 차 한 대를 구조대가 발견했다. 웅덩이에 처박혀 종잇장처럼 접히고 구겨진 차 안 뒷좌석에는 남녀 두 구의 사체가 널브러져 있었다.

사체를 끌어내기 위해서는 일단 차부터 먼저 물구덩이에서 끌어내야 했다. 이 두 사람이 어떤 상황에서 재난을 당했는가를 추정하기는 어렵지 않았다. 반라로 엉켜 있는 남자와 여자의 시신은 재난 취재를 위해 집결되어 있는 보도진의 관심을 끌기에 충분했다.

구조대원들에게는 이미 망가질 대로 망가진 차를 견인하기 위한 장비를 기다릴 시간적 여유가 없었다. 그들은 두 사망자의 구출을 뒤로 미루고, 가족들의 신고로 위치가 파악된 대피자나 고립된 생존 야영객 구조를 위해 서둘러 자리를 떴다.

남자와 여자의 신원이 밝혀지는 데는 많은 시간이 걸리지 않았다. 호우가 그치고 빗줄기가 잦아들자 계곡의 물은 서서히 빠지기 시작했다. 비가 완전히 그치고 나서부터 계곡 쪽으로 한두 명 사람들이 모여들었다. 사고당한 차가 박혀 있는 계곡 위쪽 길은 이미 통제하에 있어 더 올라가고자 해도 갈 수 없었다. 몰려든 사람 중의 한 사람이 차가 박혀 있는 구덩이 쪽으로 내려가는 모험을 강행했다. 그 사람의 뒤를, 꽤 중량이 나가 보이는 보도용 카메라를 메고 아슬아슬한 자세로 카메라맨이 따랐다. 카메라 위에는 방송국명이 큰 글자로 인쇄된 스티커가 붙어 있었다. 계곡물이 구르는 소리는 위에 모여 있는 사람들의 귀를 얼얼하게 할 정도로 힘찼지만 유속은 이제 그다지 위협적이 아니었다. 어떻건 두 명의 남자는 웅덩이 근처에 접근하는 데 성공했다. 다행인지 불행인지 구덩이에 처박힌 차체가 물 밖으로 나와 있는 부분은 사체가 있는 차의 뒷부분이었다. 호기심을 자극하는 이 두 사망자에 대한 소문은 사람들을 계곡 위로 몰고 왔다. 길 위에 마구 나뒹구는 뿌리 뽑히고 잘려 나간 나무둥치들과 길의 흔적이 거의 사라지다시피 한 험난한 경로를 마다 않고 인근의 주민은 사고의 현장으로 속속 모여들었다. 그러나 계곡 위에서는 거의 접힌 것처럼 보이는 망가진 차의 형상만 보일 뿐이다.

기자로 추정되는 한 남자가 허리 아래까지 오는 구덩이의 물속으로 몸을 좌우로 흔들며 들어가 차체 가까이 근접했다.

그 사람은 유리가 깨져 나간 앞창으로 상체를 들이밀고 씨름을 하는 듯하더니 마침내 물이 뚝뚝 떨어지는 비닐 봉투를 꺼내 들고 계곡 위쪽에 모여든 사람들을 향해 흔들었다. 그 안에 서류 같은 것이 들어 있었다. 카메라맨은 기자의 일거수일투족을 카메라에 담느라 부산하게 움직였다. 기자는 카메라를 멘 사람에게 이것저것을 지시해 찍게 했다. 위쪽의 사람들은 웅성거렸다.

"뭐예요, 그거?"

계곡 위쪽의 한 남자가 큰 소리를 지르자 아래쪽에서 답이 되돌아왔다.

"렌터카 계약서예요!"

기자는 손에 든 것들이 물에 아주 녹아버리지 않도록 벌써 듯 엉거주춤 두 손을 들고 허벅지까지 차는 물웅덩이를 빠져나왔다. 두 남자는 내려간 길로 다시 계곡 위로 올라왔다. 모여 있던 사람들이 기자와 카메라맨을 둘러쌌지만 두 사람은 성급히 아랫마을 쪽으로 걸음을 옮겼다. 흠뻑 젖은 바지에서 물이 줄줄 흘러내렸다. 그들의 뒤에 대고 양식이 있는 목소리로 한 중년의 사내가 불평을 토로했다.

"이거 이래도 되나! 사건 현장인데 증거물을 저렇게 마음대로 가지고 가도 되는 거야? 아무리 기자라도 그렇지……."

기자가 걸음을 멈추고 뒤를 돌아보며 짜증 섞인 설명 조로 대답했다.

"이거 경찰서로 가져가 신원 확인하는 데 쓸 거예요. 다 허락받은 거고……."

걸으면서 말하는 뒤의 소리는 사람들에게까지 들리지 않았다. 모인 사람들 중 어느 누구도 그 이상으로 개입하는 사람이 없었다. 그들도 계곡 아래쪽으로 내려가 소문을 일으킨 문제의 차체 내부를 들여다보고 싶지만 엄두를 내는 사람이 없었다. 사방 어느 곳을 둘러보아도 길은 모두 사라지고 없었다. 사람들은 위쪽에 서 있는 자신들마저 빨아들일 것같이 도도한 기세로 흐르는 계곡물이 낮은 곳으로 달려 내려가는 모습을 침묵한 채 바라보고 있었다.

이날 지역 석간신문에는 다음과 같은 짧은 기사가 실렸다.

한반도 이남에 몰아닥친 호우의 피해는 예상보다 커서 이 지역에서만 도합 7명의 사망자를 냈다. 호우는 어제로 소강상태에 접어들었고 당분간 이 상태는 지속될 것으로 보인다. 사상자의 숫자는 아직 집계되고 있지 않은 가운데 구조본부로 속속 희생자들에 대한 제보가 잇따르고 있다. 특히 피해가 심한 산악 지역과 계곡을 중심으로 거의 전국에서 모여든 산악 구조대의 활동에 지역의 모든 관심이 쏠리고 있다. 이 지역은 현재 일반인의 접근이 금지되어 있으며 복구가 어느 정도 진행된 지점까지 풀리지 않을 전망이다. 가장 피해가 클 것으로 예상된 ○○지방의 구조본부 비상망은 24시간 가동 중이며 인명 피해 관련 제보망은 전국적으로 가동되고 있다……

사고는 스펙터클로 시작되어 스펙터클로 끝났다. RBS 지역 방송국은 재앙에 가까운 이번 호우를 통해 개국 이래 최고 시청률을 갱신했다. RBS는 구조본부와 긴밀한 공조하에 한시적으로 긴급 재해 방송을 가동하면서 실시간 피해 제보를 위한 핫라인을 열었다. 시청자들은 거의 알아볼 수 없을 정도로 쑥대밭이 된 인근 지역의 계곡을 카메라가 훑을 때마다 그 자리에 바로 그들 자신이 있는 것처럼 경악을 금치 못했다.

집중호우가 소강상태에 들어가자마자 가동된 이 방송으로 인해 피해자 가족들은 물론 이 지역 대부분의 주민은 텔레비전 앞을 지키고 앉아 그들에게 닥친 이 광범한 재앙에 오열을 터뜨렸다. 그중에서 시청자의 비상한 관심을 끈 보도 중의 하나는 아직 구조의 손길이 미치지 않아 물에 잠긴 차 안에 죽은 채 방치되어 있는 남자와 여자에 대한 것이었다. 두 구의 사체를 가두고 종잇장처럼 구겨져 물구덩이에 처박힌 고급 승용차의 외부가 약 사 초, 그리고 차 안으로 들어가 클로즈업으로 비춰진, 엉킨 채 반라의 상태로 널브러져 있는 남자와 여자의 모습이 약 삼 초가량 화면을 가득 채웠다. 두 사람의 얼굴 부분을 모자이크 처리했다고 해도 줌으로 최대한 가까이 다가간 이 보도 영상 자료에서 알 만한 사람은 남자와 여자를 알아볼 수 있었다.

보도자의 멘트는 부부로 추정되는 젊은 남녀의 변사에 대해 짧게 언급했을 뿐이지만 그들이 본 사고 장면은 시청자의 뇌리에 강렬한 호기심과 두려운 반응을 동시에 야기했다. 도합 칠 초를 넘지 않지만 이 보도는 매 시간 반복되는 뉴스에서, 재난 종합 보도에서, 전문가들과의 토론에서 수도 없이 재생되어 가장 인상에 남는 사건으로 시청자들의 뇌리에 각인되었다. 텔레비전 방송은 과연 힘이 있었다. 이 문제가 된 차의 견인에 속도가 붙었다. 아직 복구가 되지 않아 접근이 용이하지 않은 길이 잠정적으로나마 뚫리면서 자동차 견인 장비들이 마침내 계곡으로 진입했다. 차가 웅덩이에서 끌어내졌고, 절단기들이 차의 문과 지붕 부분을 잘라냈으며, 남자의 사체가 먼저 그리고 이어서 여자의 사체가 이송용 침대를 이용해 계곡 위쪽에 대기하고 있던 앰뷸런스로 접수되었다. 다행히 이 모든 과정은 법적인 보호하에 한정 거리 내의 카메라 근접이 금지되었고, 구조 작업 내내 남자와 여자의 초상권은 보호되었다.

수사 과정에 날개가 달렸다. 남자와 여자가 당한 사고의 원인과 경위는 사건 당일의 물살만큼이나 빠르게 밝혀지기 시작했다. 사고 당사자인 남자와 여자의 신원은 렌터카 계약서에 기재된 내용을 바탕으로, 관계 부서에 전화 몇 통을 거치면서 쉽사리 밝혀졌다. 전화 몇 통으로 웬만한 비밀은 다 드러나게 되어 있다. 과거 범법 사실의 내역이나 부적절한 과거사 등의 좀더 깊숙한 신상이 밝혀질 신원 조회 결과를 기다리는 동안, 계약서에 기재한 남자의 주민등록번호 단 하나로, 거의 동시에 남자와 여자의 신원과 양자의 직계 존·비속 상황과 전·현직 직장 및 직위, 남자와 여자가 소지한 은행 계좌 및 부채 내역 등의 주변 정황은 백일하에 드러났다. 주민등록상에 기재되어 있는 이 부부의 '자(子)'의 존재로 인해 수사와 구조의 방향은 급선회했다.

경찰은 2세 남아의 생사를 확인하기 위해 여러 가능성을 추정했다. 사망자 주변 가족들을 중심으로 수사를 펼쳐 먼저 사망자 두 사람의 부모에게 연락을 취했다. 결과적으로 아이는 친가의 조모와도 외가의 조부모와도 같이 있지 않았다. 수사본부는 조모의 증언을 통해 부부가 아이와 함께 휴가를 떠났다는 사실을 확인했다. 사고 차량의 내부 정황으로 보아 경찰은 아이가 부부와 차 안에 같이 있었을 가능성을 제외시켰다. 그것은 아이가 살아남았을 가능성이 더 희박하다는 것을 뜻했다. 아들과 며느리의 사망 소식을 전하는 것도 어려운데 어린 손자의 생사 여부도 파악하고 있지 못한 것이 전적으로 자신의 책임인 듯 수화기를 잡고 있는 담당 경관의 목소리에는 무언가를 깊이 뉘우치는 사람의 처연함이 배어 있었다. 여자 경찰관이 더듬거리며 소식을 전하자마자 거의 동시에 수화기 저편에서는 격한 오열과 고함과 비난과 발악이 터져 나왔다. 경관은 그저 입을 다물고 고요히 감내할 수밖에 없었다. 아이의 존재를 추정할 만한 어떤 실제적인 정보를 끌어내지 못하고 경관은 수화기를 놓았다. 상대편에서 수화기를 던져버렸기 때문이다.

고향 마을로 돌아가, 근 이 년 동안이나 내왕하지 못한 친척과 지인을 찾아다니느라 시간 가는 줄 모르고 있던 남자의 모친은, 머물고 있는 친가로 전달된 아들네 가족의 소식을 처음 접했을 때 일종의 발광 상태에 사로잡혔다. 그러나 다행히 오뚜기처럼 일어나 사고 지역의 관할 경찰서로 단숨에 달려왔다. 모친은 아들의 이름을 부르짖으며 막무가내로 사고 차가 견인된 지점으로 가서 두 눈으로 아들과 며느리를 확인해야 한다고 고집을 부렸다. 이들의 사체가 수 시간 전에 국립과학수사연구소로 넘겨졌다는 것을 아무리 설명해야 소용이 없었다. 두 눈으로 확인하지 않으면 믿지 못하겠다는 노인의 입장을 담당 경관이 이해 못 하는 것은 아니었다. 담당자는 이제는 조금 더 깊어진 음침한 웅덩이 외에 어떤 흔적도 없는 그곳으로 노인을 데려갔다. 그러나 겨우 길은 났어도 사방에 아수라장의 흔적이 여실한 현장에 이르러 노인은 그만 의식을 잃고 말았다.

　노인은 즉시 인근 병원으로 옮겨졌다. 병원 침대에 누워서 겨우 안정을 되찾은 즈음, 이번에는 손자의 이름을, 이제는 확실히 삼대독자가 된 아기의 이름을 숨이 넘어갈 듯 부르짖었다. 그녀는 말을 더듬으면서 손자의 외모를 비롯해 아들과 며느리가 세우던 휴가 계획 중 기억에 남는 사실들을 담당 경찰관에게 쏟아놓았다. 그들이 구입한 외제 텐트, 절벽 계곡의 야영 계획, 그들이 준비해간 물건……. 대부분의 정보는 아이를 찾는 데 큰 도움이 되지 않았다. 절벽이 있는 계곡이라는 모친의 증언이 그나마 구조본부에 중요한 단서가 되었다. 현장에 투입되어 있던 구조대 외에도 타지방에서 속속 도착하는 확대 강화된 구조대가 이 지역의 조난자들을 위해 투입되었다. 계곡 어딘가에 고립되어 있을 두 살도 채 못 된, 살아 있을 가능성보다는 폭풍우에 뽑힌 텐트와 함께 계곡 어느 후미진 곳에 처박혀 사망했을 가능성이 더 많은 남아의 구출에 구조대의 활동이 집중되었다. 수사는 어느 정도 가닥이 잡혔다. 할머니의 횡설수설 설명을 종합해 구조대는 원칙적으로 야영이 금지된 절벽 지대를 통과하는 계곡 상류의 산 내부에 집중해 유사한 지역들을 뒤지기 시작했다. 남자가 등산

동호회 총무로서 회사 안에서 정력적으로 활동했다는 정보에 기대어 수사관들은 등산동호회 회원들에게도 도움을 요청했지만 열다섯 명이 넘는 어떤 회원도 적극적인 반응을 보이지 않았다.

여자의 모친도 사돈과 거의 같은 시점에 딸과 사위의 사망 소식을 전달받았다. 외할머니의 찢어지는 마음은 사돈 못지않았지만, 소리 내어 울 수도 없었다. 사돈이 아이를 나 몰라라 하고 고향으로 내려간 것은 전해 들어 알고 있었지만 사실 여자의 모친은 딸네 가족이 휴가를 떠난 것도 모르고 있었다. 부친의 병으로 고생하고 있는 모친에게 미안한 마음에 딸은 모친과의 전화 통화에서 그 대목은 의도적으로 생략했기 때문이다.

모친은 이 비극적인 사건을 시한부로 투병하고 있는 남편에게 알리지 않기로 결정했다. 재앙이었다. 그녀는 재앙이 또 다른 재앙을 부추길 것이 겁이 났다. 생사를 알 수 없는 외손자를 제외하면 이제 여자의 모친에게 남은 가족은 남편뿐이다. 어느 아이라고 전국을 휩쓸아친 회오리 폭풍을 이기고 살아남을까. 온몸을 뻐갤 듯이 고통의 못이 외할머니의 가슴에 깊이 박혔다. 그녀에게 닥치는 잦은 고난의 순간에 그랬듯이 모친은 산 중턱의 바위까지 단숨에 뛰어올라가 바위에 걸터 앉아, 바위 옆의 소나무 등걸을 붙잡고 서럽게 서럽게 울었다. 모친은 하나 남은 딸마저 앗아간 수마를 원망하며 울부짖었다. 여자의 모친은 사돈처럼 기동성이 있는 상황이 아니었다. 이제는 그만 거동을 할 수 없어 자리에 누운 남편을 남겨두고 혹시 찾을지도 모르는 아이를 위해 사건의 현장으로 떠나는 것은 또 한 명의 희생을 각오해야 하는 일이었기에 엄두를 낼 수 없었다. 아들과도 같은, 오히려 아들보다 더 의지하는 단골이 산악 구조대원이라는 사실이 이때처럼 고마울 수가 없었다. 여자는 덜덜 떨리는 손가락으로 단골손님에게 전화를 걸었다. 천신만고 끝에 통화가 되자 여자의 모친은 두려움으로 말을 더듬으면서 딸과 사위에게 닥친 재앙을 알리고 도움을 요청했다.

'우리 외손주, 그 아이는 자네가 찾아와야 해! 자네가 살려내야 해, 꼭!'

말을 마치고 나자, 이상하게도 여자의 모친은 아이에 대해서는 마음이 잠잠해지며 커다란 불안이 일어나지 않았다.

살았건 죽었건 계곡 어딘가에 숨어 있을 이 두 살 미만의 남아의 존재가 주위에 알려지자마자, 긴급 구조본부이자, 희생자에 대한 제보와 상황실을 겸하고 있는 이 지역 경찰서의 활동은 난항에 봉착했다. 수사 이틀째에 들어가는 아침에도 구조대는 아무것도 발견하지 못했기 때문이다. 정상적인 상황에서도 눈에 띌까 말까 한 작은 아이를 이 아수라장이 된 광대한 계곡에서 찾는 것은 얼마나 지난한 일인가. 광란의 재난 속에서 기껏해야 팔십 센티미터 남짓한 아기란 얼마나 작으며 또 미미한가! 설령 아이가 어딘가에 살아남아 울어대고 있다고 해도, 여전히 계곡을 달려 내려가는 짙은 황토색의 물살의 기세 때문에 울음소리를 듣는다는 것은 어림도 없는 일이었다.

이 아이의 구조 여부에 구조 활동 전체의 평가가 달려 있다고 할 수 있을 정도로, 경찰서장은 물론이고 그 지방 최고 위의 정관계자, 마을의 유지와 주민까지 수시로 전화를 걸어와 아이에 대한 문의를 그치지 않았다. 반복해서 방영된 아이 부모의 적나라한 사고 장면은 사람들의 상상력에 불을 지피면서 아이의 생사 여부에 더욱 관심이 집중되었다. 병원에 누워 기적이 일어나기만을 기다리며 텔레비전에 시선을 고정시키고 있던 남자의 모친도 손자의 생사여부에 집중되면서 부쩍 반복 방영된 문제의 사고 장면을 보지 않을 수는 없었다. 그러나 노인이 보기에 거의 발가벗은 상태로 차 안에 널브러져 있는 남자와 여자는 자신의 아들과 며느리가 아니었다. 노인은 그런 '흉한' 모습의 아들과 며느리를 본 적이 없기 때문이다. 노인은 알아보고 싶지 않았고 방송국의 보도를 인정하지 않았다. 다만 뒤늦게 깊은 회한과 죄책감에 빠졌다. 아들 내외에게 주려고 은행에서 찾은 빳빳한 지폐의 촉감이 칼날이 되어 되살아와 손끝을 베고 심장을 도려냈다. 모두가 거기서 비롯됐다. 휴가 비용에 쓰라고 자신이 적금을 뭉텅 떼어주지 않았다면, 자신이 고향 마을로 내려가지 않았다면, 고향으로 갔더라도 아이를 데려갔었다면, 아니 자신이 욕심을 부려 아들 내외와 살러 올라오지 않았다면, 자신이 아예 없었더라면……

아이의 구조 활동이 미궁에 빠져 있을 때 한 익명의 제보자의 제보가 있었다. 신원을 밝히기를 거부한 중후한 목소리의 제보자는 신뢰가 갈 만큼 진지한 어조로 사망한 부부가 야영을 했을 것이라고 추정되는 위치를 알려왔다. 구조대는 제보에 따라 다시 계곡을 거슬러 올라갔다. 변형되고 훼손되어 있었지만 제보자가 알려온 장소를 찾는 것은 그다지 어렵지 않았다. 그러나 제보가 없었다면 구조대가 결코 침투하지 않았을 후미진 장소였다. 특별 투입된 구조대원의 지시하에 구조대는 바위가 내려앉으면서 길이 마모된 절벽을 가까스로 지나, 쓸려 내려가지 않고 남아 있는 한 조각 땅 위에서 주저앉은 텐트를 발견할 수 있었다. 텐트 바로 옆에 쓰러진 거목이 역설적으로 텐트가 날아가지 못하도록 보호한 형국이었다. 숙련된 구조대원들은 능숙한 솜씨로 텐트 안에서 정신을 잃은 남자아이를 끄집어냈다. 이틀 남짓 아무것도 먹지 못한 아이는 죽은 듯 사지가 늘어져 있었고, 구조대원이 안고 흔들어도 눈을 뜨지 않았다. 구조대원은 인공호흡을 시도했다. 아이의 꼭 쥔 주먹에 희망을 걸고, 세 사람의 구조대원이 조그만 아이의 몸뚱이에 달라붙어 인공호흡과 마사지를 병행했다. 수십 번의 지속적인 인공호흡 시도에 아이의 숨결이 서서히 돌아오고, 파랗게 질려 있던 아이의 입술에 조금씩 혈색이 돌기 시작했다. 아이가 질식하지 않고 무너진 텐트 안에서 살아남은 것은 기적이었다. 텐트는 위기의 상황에 처할 때 상반부에 위치한 사각의 투명 재질이 열리도록 설계되어 있었다. 다른 대원들이 텐트를 비롯한 사고 현장의 증거 물품들을 수거하는 동안, 아이를 안은 구조대원은 나는 듯한 발걸음으로 지상으로 내려왔다. 구조대원은 몰려 있던 취재진으로부터 아이를 보호하는 데 성공했다. 아이의 얼굴은 구조대원의 상의에 가려진 채 곧바로, 대기하고 있던 앰뷸런스에 실려 아이의 법적인 보호자가 된 친조모가 기다리고 있는 병원으로 호송되었다.

아이의 구조를 끝으로 사실 이 지역의 인명 구조 작업은 완료되었다. 복구 작업은 오랜 시간이 걸릴 것이었다. 희생자는 아이의 부모만 있는 것이 아니었다. 아이를 텐트에 남기고 수마에 희생된 남자와 여자의 영상은 충격적이었던 것이 사실이지만 다행히 사람들의 뇌리에 오래 남아 있지 않았다. 더 놀랍고 더 적나라하며 더 충격적인 사건과 영상 사이에서 웬만한 영상은 대체로 살아남지 못하기 때문이다.

복구 작업이 진행되는 중에 아이는 완전히 회복된 것처럼 보였다. 그러나 아이의 친조모는 회복된 손자의 모습을 찍기 원하는 취재진들의 요청을 완강히 거부했다. 아들 내외의 사망의 정황에 대한 사람들의 호기심에서 자신과 아이를 보호하느라 공격적이 된 노인의 태도로 인해, 한두 가지 추측성 기사가 주간지와 여성지에 실리기도 했다. 아이 부모의 사망은 자연재해로 인한 사고사가 아니라 남자가 저지른 회사 공금횡령이 가시화되려는 시점에서 부부가 계획적으로 벌인 일종의 자포자기식 자살로 추정한 것이다. 아무의 관심도 끌지 못해 후속 기사들이 나오지는 않았지만 기사의 일정 부분은 사실로 판명되었다. 남자가 근무하던 회사의 운영진은 남자가 관리하던 장부와 남자의 도장이 찍힌 일련의 서류에서 상당한 금액의 공금횡령이 분명한 증거물들을 찾아냈다. 결과적으로 사망한 남자는 자신이 만져보기는커녕 실제 본 적도 없는 액수를 횡령한 것으로 추정되어 퇴직금은 물론이고, 회사가 재난을 당한 직원에게 지급할 수 있는 보상금 전액이 고스란히 환수되었다. 왜냐하면 남자가 회사에 변상해야 하는 금액은 남자 명의로 되어 있는 모든 재산을 다 합해도 모자라는 액수였기 때문이다. 회사는 후의를 베풀어 모자라는 액수의 상환을 유가족에게 청구하지 않았다.

아이와 함께 남은 남자의 모친, 고난을 겪으면서 짧은 시간 안에 이제는 확실히 노인이 된 아이의 친조모는 완전히 빈털터리가 되어 아이를 안고 귀향했다. 아들 내외의 삶에 닥친 파국의 단애는 그 만큼 깊은 주름을 노인의 양미간에 파 놓았다.

15

멀리서 들려오는, 아주 멀리여서 약해진 연발하는 총소리. 혹은 무언가 두껍고 물렁한 것 위에 딱딱한 것들이 무리 지어 강하게 두드리는 소리. 느슨하게 당겨진 가죽 위를 무분별하게 채로 두드리는 북소리. 제대로 무두질도 되지 않은 동물의 가죽을 여러 명이 잡아당기고 누군가가 막대기로 그 위를 두드린다. 어릴 적 부모와 함께 여행했던 남미의 한 빈민촌에서 만난 아이들은 그렇게 놀았다.

모든 북소리에 내 몸이 반응하지는 않는다. 거기에는 법칙이 없어 난감하다. 통계적으로 그렇다는 얘기지 꼭 북소리에

만 내 몸 기계가 작동하는 것은 아니다. 그러나 일단 작동되면 그 과정은 늘 같다. 내 몸은 누군가 동작 버튼을 누른 로봇처럼 거의 동일하게 반응한다. 숨이 가빠진다. 심장 밑 어디쯤에서 시작되어 갑자기 무언가 공격적이고 뾰족한 것이 내 몸을 쪼아댄다. 고통스럽다. 그런데 그 속에 미미하지만 분명한 쾌감이 있다. 그래서 나는 곧바로 쓰러지지 않고 견뎌낸다. 쪼아대던 부리 같은 것은 몸을 거슬러 올라와 투박한 손 같은 것이 되면서 목구멍을 막는다. 그건 몇 배 더 고통스럽다. 숨이 멎을 것 같다. 무섭다. 무섭게 외롭다. 숨이 멎는다. 나는 떠난다.

　내 성장 과정에 성실한 동반자 역할을 했던 이 기이한 증세에 대해 그나마 이렇게 말로 설명하게 된 것은 처음 이 일이 일어나고도 십 년 이상이 지난 다음이다. 그즈음에 이르러서야 나는 내가 쓰는 언어와 어느 정도 친해졌기 때문이다. 그제야 나는 거의 십 년을 같이 살아온 가족과 친구와 국적을 새롭게 얻은 기분이었다. 엄마는 내가 자랄 때 빈번하게 겪었던 이 일시적 호흡 정지 현상에 대해 농담조로 말하기를 좋아한다. 마치 그것에서 해방되었다는 것을 공표하는 듯한 과거완료형의 문장으로 말이다.

　"어렸을 때 너는 지독한 엄살쟁이였지!"

말도 안 통하는 겨우 세 살짜리 아이의 입술이 파래지고 죽은 것처럼 숨이 멎고 혼절할 때, 당사자보다는 가족이 더 힘들다. 부모들이 저 먼 나라 한국에 가서 벨기에로 데려온 나에 대해 막 배우며 연구하기 시작한 그즈음, 이 증상은 벌써 시작됐다. 탁자 모서리나 장롱의 열린 문에 가볍게 부딪치거나 형들의 부산한 놀이에 넘어지는 것처럼 가벼운 사고도 가끔 혼절로 이어졌으니 부모로서는 더욱 혼란스러웠을 것이다. 집 안의 뾰족한 모서리는 모두 부드럽고 푹신한 천으로 둘러싸였다. 나는 그게 아니라 어디선가 소리가 들려오면서 시작된다고 새로운 가족들에게 설명하기에는 너무 어렸고, 설령 그렇게 할 수 있었더라도 내게는 아직 부모와 소통할 수 있는 언어가 없었다. 거두절미하고 갑작스럽게 다가오는 재앙 같은 혼절로 인해 부모에게 나는 더욱 키우기 난해한 아이가 되었다.

　한번 시작되면 온 집안이 공포에 사로잡힌다. "진! 지인!" 다급하면 "유진!" 그러나 그 영원히 지속될 것만 같은 부재의 순간은 꼬박 오 초에서 길어야 십 초였을 뿐이다. 때로는 그 이상 지속되기도 한다. 그건 위험하다. 의사에게 전화를 걸지, 구급차를 불러야 할지 결정해야 한다. 식구 모두에게 이 시간의 색채는 달랐을 것이다. 두려움이라는 형벌의 시간, 기도의 시간. 그것도 마음에 여유가 있을 때의 일이다. 그건 당사자인 나뿐만 아니라 모두에게 순간적인 죽음이다. 아무리 이해하려고 해도 이해되지 않는, 아직 소통의 통로가 발견되지 않은 묘하고 딱한 한 어린아이의 순간적인 죽음.

마침내 내가 눈을 뜬다. 내 시야에는, 여리고 불쌍한 것을 잃을까 봐 공포에 가까운 패닉 상태로 커질 대로 커진, 둥근 원을 그리며 도는 듯한 두 쌍의 눈동자 때로는 네 쌍의 눈동자가 가득 막아선다. 엄마와 아빠. 두 형. 온 식구의 무섭도록 크게 벌어진 공포의 눈들. 작은형은 울고 있다. 보라색으로 죽어 있던 입술에 조금씩 혈기가 돌아온다. 엄마가 먼저 괴성을 지르며 울음을 터뜨린다. "아가, 돌아왔구나. 내 사랑." 나는 눈을 깜빡거린다. 눈앞에 어지러운 무늬가 시야를 흐릿하게 만든다. 아빠가 낮게 부르짖는다. "살았구나. 오, 감사합니다."

일 년에 대여섯 번꼴로 반복되었던 나의 유년의 드라마는 매번 이런 식으로 진행되었을 것이다. 우리 집의 가정의였던 벨롬 의사도 이 문제에는 속수무책이었다. 호출을 받고 내가 깨어난 후에나 도착해 식구들을 온통 사로잡은 패닉 상태를 수도 없이 경험한 바 있는 벨롬 씨는 우리 부모의 요청으로 내 케이스를 오랫동안 관찰하고 연구하고 실험했다. 아무런 효과가 없었다. 그는 고개를 흔들며, 그가 여러 번 제안했지만 우리 부모가 한 번도 실천하지 못한 처방 아닌 처방으로 되돌아왔다.

"여러 번 말씀드렸지만 다음번에 또 일이 일어나면 아무렇지도 않은 것처럼 그대로 놔둬보세요. 그게 그렇게 어렵습니까. 세상 끝장난 것처럼 두 어른이 아이를 들여다보고 소리 지르지 마시라는 겁니다."

모든 복잡한 검사와 진단과 투약 후에 내린 기이한 처방이었고 여러 번 요청했던 것이지만 한 번도 부모가 실천해보지 못했던 것이다. 호흡이 멈춘 아이 앞에서 아무것도 하지 않는 것. 그들에게 가장 고난도의 처방이었던 것이다.

내가 다섯 살 때, 다시 한 번 호흡을 멈추고 혼절했을 때 나의 부모는, 온 의지를 발동해 같이 죽는 심정으로 아무런 반응을 보이지 않고 내가 깨어나는 것을 기다리는 데 마침내 성공했다. 의사 말대로였다. 혼절은 평소보다 길었지만 나는 아무렇지도 않게 다시 이 세상으로 되돌아왔다. 의사의 진단과 처방은 반은 맞았고, 반은 틀렸다. 혼절의 횟수는 현저히 줄어들었다. 그러다가 한 사 년, 이 증상은 완전히 사라졌다. 의사의 말이 맞는 것 같았다.

그러나 벨롬 의사의 처방은 부분적으로만 효과가 있었다. 십 대로 접어들면서 증상은 다른 방식으로 다시 나타났다. 그것이 무엇에 대한 반응이었는지는 나 자신도 모른다. 이제는 북소리도 없다. 아무런 전조가 없다. 그리고 정확히 말하면 그건 혼절도 아니다. 입술이 파래지지도 않고, 숨이 멎지도 않는다. 그러나 나만 알고 있는 증상은 유사하다. 이 미미한 유사성이 나로 하여금 유년의 혼절 현상을 생각나게 했다. 그랬다. 미미한 몸의 기억이기는 하지만 두 증상 사이에는 비슷한 점이 있다. 숨이 가빠진다. 뾰족한 것이 심장을 찌르고 누른다. 고통 속에 미미한 쾌감이 끼어들 즈음 나는 어디론가 떠난다. 그건 오 초, 십 초가 아니다. 내 방 안에서 그 일이 일어나면 그건 수면과 비슷하다. 때로는 서너 시간. 어떤 때는 온종일, 혹은 이틀 정도로 늘어나기도 한다. 그러다가 나는 홀연히 되돌아온다. 아무렇지도 않게. 이건 마치 블랙홀로 여행하는 것처럼 아무 기억도 남기지 않는다.

겉으로 보기에 아무런 연관성 없이 일어나는 이 새로운 증상이 사건을 만들지 않을 때는 엄마도 아빠도 그저 사춘기에 진입하는 소년의 성장통의 한 종류거나 불규칙한 수면 정도로 알았다. 그러나 이 증상은 그다지 얌전하지만은 않았다. 그 증상은 장소를 택해 일어나지 않기 때문이다. 그건 변화무쌍한 방식으로 진행된다. 잠시 산책하려고 걸었을 뿐인데 나는 기차 안에 누워 있거나, 나도 모르는 도시를 돌아다니고 있다. 진흙 바닥에서 구른 듯 두꺼운 흙덩이가 내 몸 곳곳에 들러붙어 있는 채로, 건물 사이 어두운 통로에서 깨어난 적도 있다. 마치 잠 속으로 하강하듯 나는 어디론가 사라진다. 무슨 일이 일어났던가? 아무에게도 설명할 수 없다. 지극히 미미한 전조에도 나는 지레 겁을 먹고 공원이나 역의 의자 혹은 건물 앞의 층계같이 상대적으로 안전한 곳으로 피한다. 깨어나 보면 나는 누군가에게 두드려 맞았거나 빈털터리로 거리 한 귀퉁이에 누워 있기 일쑤다. 내가 할 수 있는 것은 여전히 나를 사로잡고 있는 어떤 기운에 취한 채 비틀거리며 일어나 공중전화 박스를 찾아 수신자 부담으로 집에 전화를 거는 일뿐이다. 내 목에 걸려 있는 목걸이에는 집의 연락처가 적혀 있다. 누군가 나에게 다가오고 목걸이를 발견하고 집에 전화를 걸어주면 다행스러운 일이다. 연락을 받으면 늘 엄마가 달려온다. 이미 그즈음 아빠의 건강이 시원치 않았기 때문이다. 어떤 때는 나를 찾아 밤길을 네 시간이나 달려온 적도 있었다. 엄마는 뺨을 비비면서 조용히 외쳤다.

"대체 어떻게 여기까지! 살아 있어줘서 고맙다!"

이 기이한 여행은 확실히 병의 일종이다. 미증유의 희귀병. 병원에서 받을 만한 검사도 다 받았다. 나의 사춘기는 병원 순례로 시작되어 병원과 마침내 고별하는 것으로 끝났다.

고집스럽게 이 병원 저 병원으로 나를 보내던 벨롬 씨가 결국 두 손 들고 포기한 것이다. 어떤 과학적인 발전도 내게 도움을 주지 못했다. 하도 많은 의사를 만나 부모가 지쳐 있을 때 나는 그 의사들의 말투와 행동을 모사해 웃기곤 했다. 내 몸을 자신의 주머니 안에 들어 있는 지갑 속 사정만큼 잘 알고 있다고 생각하는 벨롬 의사의 고집을 꺾는 데 그만큼 시간이 걸렸던 것이다. 긴 시간을 소비한 후 그와 내가 확실하게 알게 된 것은, 내가 그 일로 인해 아직 죽지 않았고 앞으로도 쉽사리 죽지는 않으리라는 사실이다. 그리고 언젠가는 좋은 치료 방법을 터득해 이 증상과의 인연이 끝날 날을 기다리고 있다는 것. 그게 무엇인지 그도 나도 조금도 알고 있지 않다는 것.

우리 식구 모두는 나의 병으로 인해 겸손해졌다. 우리는 조심하면서 내게 일어나는 모든 미세한 증상들을 정성껏 관찰하자는 데 동의했다. 나는 이 여행에 관한 모든 것, 시작과 과정과 끝, 매 단계에 나를 사로잡는 감각, 소멸된 기억의 미미한 잔재들, 색으로도, 말로도 표현하기 어려운 감각 이전의 어떤 기운들을 공책에 적었다. 나는 이 여행을 블랙홀 여행이라고 불렀다. 시간이 지나면서 나는 대담해졌다. 뿐만 아니라 내 안의 무언가가 이 여행을 즐기고 있다. 내가 기다리는 것은 여행의 끝에 다다르고 있음을 감지하게 되는 어떤 순간이다. 언뜻언뜻 한 풍경이 뇌리 저쪽을 스쳐 지나간다. 내 눈앞에서 펄럭이다 사라지는 것은 거대한 황혼의 원시적인 풍경이다. 푸른색 바탕, 황혼녘의 하늘에 보이지 않는 손이 나를 위해 빠른 필치로 장엄한 장면을 연속적으로 그려낸다. 그림들은 책장 넘어가듯 빠른 속도로 바뀐다. 비슷비슷한 풍경이다.

나는 내장 저 깊은 곳에서 올라오는 울먹거림으로 알아차린다. 여행이 거의 끝나간다는 것을. 울먹거림이 격렬해질 때도 있다. 그것이 눈앞에 펼쳐지는 장관의 감동 때문인지, 고통이 끝나간다는 안도감 때문인지 알 수 없다. 그 풍경에 다다랐을 때 나는 내가 여행 내내 고통에 시달렸음을, 그 고통이 이 풍경과 함께 끝나가는 것을 알아차린다. 그러다가 차차, 이미지의 소용돌이 한가운데서 울먹거림이 가라앉고 내 몸 안에 뜨거운 것이 들어찬다. 마치 누가 숨이 멈추어 있는 내 입안에 호흡을 넣어준 것처럼 나는 그 열기를 내뱉으면서 천천히 깨어나는 것이다.

벌린 입술 사이로 보이지 않는 물방울이 한 방울 한 방울 흘러나오며 입안에 가득 들어찬다. 그 속에서 음절이 만들어진다. 음절이 모여 단어가 되듯 내 입술을 새어 나온 열기는 다섯 음절의 한 소리다.

오릭맨스티.

입술이 그 음절들을 반복하는 동안 나는 깨어난다. 천천히 미미하게. 그렇게 여행은 끝난다. 어느 날 엄마는 그것이 단순한 숨소리나 헛소리가 아님을 알아차린다. 엄마는 내 입술에서 새어 나오는, 비슷하게 반복되는 속삭임을 닮은 그 음들을 받아 적었다. 오릭맨스티. 오릭맨스티. 오릭맨스티. 엄마의 수첩 한 귀퉁이에 세 번 반복적으로 쓰인 글씨다.

그러나 엄마가 그것을 바르게 받아 적었는지 여부는 알 수 없다. 오릭맨스티는 그 호흡에 가장 가까운 발음이어서 엄마는 그렇게 썼을 뿐이다. 의식이 완전히 돌아오기 직전에 내 입에서 발설되는 그 음절은 사실 조금씩 다를 수도 있다. 나는 그것이 어느 나라 말인지, 누구의 이름인지, 아니면 무슨 사물을 지칭하는지 알지 못한다. 어쩌면 그것은 어디선가 쓰이는 미지의 언어로는 한 문장일지도 모른다. 우리는 먼저 이것이 한국어에 있는 단어일지도 모른다고 생각했다. 오랫동안 내 기억 깊은 곳에 남아 있다가 우연히 솟아나온 유년과 연관된 결정적인 단어 말이다. 우리는 주변에 알고 지내는 한국 사람들에게 물었다. 오릭맨스티를 어떻게 표기해보건 이 비슷한 단어는 한국어에는 없다, 라고 그들은 단언했다. 내가 구할 수 있는 한도 내에서 찾아본 여러 언어의 사전에도 그런 단어는 나타나지 않았다. 그즈음 벌써 대학에 다니느라 집을 떠나 있던 나의 두 형을 통해 수소문한 어떤 언어 전문가도 이 말의 뜻을 찾아내지 못했다. 뜻을 알아내는 데는 실패했지만 이 말은 우리를 움직이는 힘이 있었던 모양이다. 말만 무성하게 하고 한 번도 실행에 옮기지 못한 계획이 마침내 현실이 된 것이다. 나와 우리 부모는 뒤늦게 한국어를 배우기로 결정한 것이다.

내가 초등학교에 입학하는 날, 우리 부모는 학교로 가는 길에 내게 했던 약속을 오릭맨스티를 계기로 기억해냈다.

"아들아, 고생이 많다. 네가 좀더 크면 우리 모두 한국어를 배우자. 네가 이곳 말 하는 것의 반만큼은 꼭 하도록 하자꾸나!"

나만 까맣게 잊고 있던 약속을 우리 부모는 거의 칠 년 만에 지킨 것이다. 세 살 때 외젠 뒤발이 된 후 초등학교 입학 때까지 나는 말이 느려 겨우 필요한 표현을 할 수 있을 뿐, 그것도 실수투성이 문장을 구사했던 느린 아이였다. 이것이 안쓰러웠던 부모가 내게 한 약속이었다. 우리는 한국말을 배우면서 다른 어느 때보다 더 친밀해졌지만 내 증상이 완전히 멎지는 않았다.

어느 겨울날. 그날도 나는 옆 도시의 후미진 바람받이에서 블랙홀 여행에 빨려들어가 있었다. 아빠가 돌아가신 지 한 달쯤 후였다. 엄마보다 열한 살이나 위였던 아빠는 늘 병약했다. 아빠는 병원에서 예고했던 시한보다 두 달을 더 연장해 내 열다섯 살 생일을 같이 보낸 후에 눈을 감았다. 엄마는 내가 거리에서 사는 걸인이나 주거 부정자로 취급되지 않도록 늘 깔끔하게 옷을 입히고자 신경을 썼다. 그래야 내가 깊은 수면에 빠져 쓰러져 있을 때 행인들이 내게 다가오고 연락을 취해주는 데 망설이지 않을 것이기 때문이다. 그 때문인지는 모르겠지만 매서운 삭풍이 불어닥치는 길모퉁이에 쓰러져 누워 있는 내게 누군가가 다가왔고 목걸이에 적힌 연락처로 전화를 했고 늘 그렇듯이 엄마가 왔다.

이름도 기억나지 않는 그 도시, 그 스산한 거리 모퉁이에 그날, 정말 심한 바람이 불었다. 아빠를 보내고 난 후 지쳐 있던 엄마는 가져온 두꺼운 모포를 내 위에 덮어놓고, 옆에 앉아 그저 소리 죽여 울었다고 했다. 엄마는 내가 블랙홀 여행 중에 있을 때 나를 흔들어 깨우거나 구급차를 부르거나 하지 않는다. 처음에는 시도해보았지만 그것은 아무런 긍정적인 효과가 없었고, 불안이 만들어낸 무익한 소란에 불과하다는 것을 경험으로 알고 있기 때문이다. 그날의 내 여행은 오래 지속되었고 엄마의 오열도 길어졌다. 엄마를 위로했던 것은 아마도 내 몸에 남아 있는 미온과 미약한 호흡이었을 것이다. 아들의 고통을 덜기 위해 아무것도 할 수 없는 엄마는 그날, 나와 똑같이 바람이 흙먼지를 몰아오는 황량한 거리의 바닥에 나처럼 누웠다. 추위와 회오리가 한바탕 빈 거리를 훑고 이따금 한두 명 행인이 빠른 걸음으로 지나갔다. 나의 생사를 확인하는 것처럼 엄마는 내 손을 끌어다가 두 손으로 감싸고 가슴에 안았다. 바람이 잦아들자 하늘에서 진눈깨비 비슷한 것이 몇 점씩 몰려 떨어지기 시작했다. 엄마는 속수무책의 상황에 여전히 울먹거리면서 절망이 일깨운 지혜로 내 귀에 대고 속삭이기 시작했다. 내가 깨어날 때 하듯이 바로 그처럼. 천천히, 미약하게. 어느 햇빛 따뜻한 아침 조용히 나를 깨우듯이.

오릭맨스티, 오릭맨스티, 오릭맨스티…….

내가 깨어나기도 전에 먼저 엄마 몸이 따스해지기 시작했고, 엄마의 울음이 그쳤고, 엄마의 마음속에 이해할 수 없는 평안이 찾아왔다. 엄마는 그 말을 멈출 수 없었다. 얼마 안 있어 내가 여행에서 다시 돌아와 내 입에서도 그 말이 새어 나올 때까지.

'세상에는 뜻으로 번역되지 않는 언어의 신비로운 지대가 있다. 오릭맨스티는 그런 언어의 한 조각이다.' 엄마와 나는 이 정도로 이 말의 의미에 대한 수소문에 종지부를 찍었다. 아직 이 말의 뜻을 경험하지 못한 두 형들만 외국인 손님을 만날 때마다 농담처럼 묻곤 한다.

"오릭맨스티라는 말뜻을 알아요? 당신 나라에 이런 단어가 있나요?"

아직까지도 이 단어는 여행사 직원인 큰형, 자동차 세일즈를 하고 있는 작은형 두 사람에게는 고객과 관계를 맺는 매우 중요한 비밀 암호로 쓰이고 있다. 그리고 나서 그들은 고객에게 내 이야기를 길게 함으로써 더욱 친해지는 것이다.

어떻건 그날 이후로 나는 더 이상 블랙홀 여행에 빠려 들어가지 않았다. 최소한 오늘까지 그 증상은 다시 나를 덮치지 않고 있다.

16

아빠가 돌아가신 후 엄마와 나는, 입양 기관을 통해서 사망한 나의 부모에 대해 말해줄 수 있는 친척들을 수소문하기 시작했다. 그것은 필연적으로 아빠가 없기에 가능한 일이었다. 나를 키우면서 건강의 문제가 불거질 때마다 엄마는 아빠에게 나와 내가 출생한 집의 병력에 대해 말해줄 수 있는 친척을 만나기 위해 한국 방문을 제안했다. 그렇지만 아빠는 입양에 대한 너무 많은 책을 읽은 사람답게 부작용을 더 우려했고, 더 은밀하게는 누군지 알 수 없는 미지의 한국 친척들에게 나를 빼앗길 것을 두려워했던 것이다. 불쌍한 아빠!

나의 부모가 중요한 편지를 쓸 때나 열었다가, 볼일이 끝나기가 무섭게 닫아 열쇠로 잠가놓는 뚜껑 달린 책상의 비밀을 나는 이렇게 알게 되었다. 바로 그 속에서 나의 입양 서류가 긴 시간을 가르고 밖으로 나왔다. 그 책상 속 서랍 중의 하나를 빼면 그 뒤에 숨어 있는 이중 서랍이 있다. 그 깊은 곳에서 빛바랜 누런 서류가 나왔을 때 나는 왜 우리 부모가 그 책상을 그토록 금기시했는지 알게 된 것이다. 내 형들이 좀더 어렸을 때 쇠붙이나 핀 같은 것으로 열어보려고 그렇게 애썼던 그 책상이었다. 마침내 엄마와 내가 한글을 음독이라도 하게 되었기에 그 서류는 음지에서 양지로 나오게 된 것이다. 한글을 배운 지 얼마 되지 않은 우리의 한국어 실력은 비슷하게 빈곤했다. 우리가 겨우 알아낸 것은 그 서류에 기재되어 있는 사람 이름이다.

　입양 서류 안에는 모두 여섯 개의 이름이 모여서 살고 있었다. 부, 박서호, 모, 윤향림, 친할머니 조수덕, 외할아버지 윤천국, 외할머니 이강자. 그리고 내 이름 박유진.

　이 한국 이름을 우리 부모는 그대로 썼다. 불어로 외젠이라고 표기를 해도 집에서 나는 늘 유진이었다. 여섯 개의 이름들을 여러 번 읽고 나서 엄마는 두 손으로 얼굴을 가리고 울기 시작했다. 내가 이렇게 잘 자라난 것을 그들이 보지 못

해서 딱하다며 거의 통곡의 수준으로 울었다. 나를 키우는 즐거움을 그들이 누리지 못했으니 얼마나 안됐느냐는 것이다. 엄마는 그 순간 나의 잦은 발병, 그로 인한 학업 중단, 반항, 거부…… 나를 키우면서 감내해야 했던 고통들을 잊었음에 틀림없다. 어려서는 잦은 혼절과 언어 소통 때문에, 커서는 이 기이한 병 때문에 나는 부모에게 깊은 신음거리였는데도 말이다.

솔직히 나는 난생처음 본 누렇게 빛이 바랜 입양 서류 앞에서도, 엄마의 울음 앞에서도 별 현실감이 없었다. 엄마가 나의 한국 친척을 찾아보자고 제안했을 때의 무덤덤한 기분에서 나는 그다지 멀리 있지 않았다. 입양 서류 두 장 가득히 씌어 있는 단어들을 입으로 발음하고 그 뜻을 사전에서 찾는다고 해서 전체 의미가 이해되지는 않았다. 우리는 그 속에서 우리가 알고 있는 사실을 추정했을 뿐이다. 나의 부모가 한국에 가서 나를 벨기에로 데려오던 그때 나에 대해 알고 있던 것은 입양 기관에서 알려준 몇 가지 단순한 사실이었다. 내가 두 살 즈음, 자연재해 사고로 부모를 잃었다는 것, 그 이후에는 친할머니에게서 육 개월, 외가댁에서 삼 개월을 보낸 후 입양 기관에 등록되었다는 것. 나의 양육 책임자로서 나의 조모와 외조부모의 도장과 지장이 내 입양 서류에 나란히 찍혀 있는 이유다.

다행히 마담 배가 있었다. 엄마와 나의 한글 개인 교사이며 이웃 도시 한인 교회에서 한글학교를 담당하고 있는 마담 배는 적극적으로 우리를 도왔다. 입양 기관이나 입양 관련 NGO와 연락하는 것으로 우리의 추적은 시작됐다. 여러 단체를 통해 공식적으로 또는 비공식적으로 가깝다고 추정되는 친가와 외가 친척들의 주소만 입수하는 데도 일 년여가 걸렸다. 입양 서류에 기재되어 있던 다섯 이름, 이 다섯 이름으로부터 시작해 모두 열한 명의 친척들 이름이 덧붙여졌다. 그중에서 천신만고 끝에 주소를 알아낸 여섯 명과 연락을 취했다. 주로 외가 쪽 사람들이었다. 마담 배는 간단한 편지 양식을 만들었다.

제 한국 이름은 박유진입니다. 저는 세 살 때 벨기에의 한 가정으로 입양되었습니다. 이곳에서 제 이름은 유진 뒤발입니다. 저는 저를 낳으신 부모 박서호, 윤향림 두 분에 대해 말해주실 친척이나 친구를 찾고 있습니다. 제게 도움을 주실 분은 아래 주소로 연락 주시면 감사하겠습니다.

기다렸다. 두 달, 석 달, 어떤 답도 없었다. 입양 기관 앞으

로 보내온, 나의 존재를 모른다는 짧은 대답 하나가 우리가
받은 반응의 전부였다.

엄마는 나를 낳은 부모가 사망한 후 몇 개월씩 나를 맡아
키운 적이 있는 친가, 외가 두 할머니에게 큰 기대를 걸었다.
친할머니인 조수덕의 주소를 입수하지 못했으므로 생존한
것으로 추정되는 외조모 이강자 할머니에게 엄마는 네 번이
나 편지를 보냈다. 자료에 의하면 바로 이강자 할머니가 나의
입양 신청 서류에 도장을 찍은 것으로 되어 있었기에 더욱
조심스러운 편지를 작성했다.

> 부인……. 유진이 태어난 한국에 대해 관심을 가지고, 그
> 를 낳아준 부모들의 가족을 만나보고 싶어 하는 나이가 되
> 었습니다. 유진의 어미로서 간곡하게 부탁의 서신을 보냅
> 니다. 유진도 또 그 애의 엄마 되는 저도 부인이나 가족에게
> 조금의 폐도 끼치고 싶은 마음이 없습니다. 단지 유진이 한
> 국에 들를 때 잠깐이라도 한번 만나주시면 큰 도움이 되겠
> 습니다.

그러나 외조모인 이강자 앞으로 보낸 마지막 편지는 다섯
달 후에 되돌아왔다. 엄마는 내가 다시 한 번 외조모에게서

버림받기라고 한 것처럼, 되돌아온 이 편지를 손에 들고 아무렇지도 않은 듯 어깨를 으쓱하며 태연한 얼굴로 엄마를 바라보던 나를 와락 껴안고 울었다. 엄마는 다른 많은 입양된 아이들처럼 내가 한국에 방문할 가족이 있기를 열렬히 바랐다. 마치 그것이 한국에 가는 데 꼭 필요한 허가증이라도 되듯이 말이다. 나는 엄마가 전투적으로 임하는 이 추적이 시간이 지나 힘이 빠지고 서서히 관심이 퇴색하기만을 바랐다.

이 일을 시작하면서 나는 마치 처음인 것처럼 나를 낳아준 한 남자와 한 여자에 대해 다른 어느 때보다도 많은 상상을 했다. 잦은 결석으로 학교 생활이 불가능하게 된 나는 일찍이 부모가 수소문한 미술 치료사에게서 그림을 배우면서 소일하고 있었으니 내게는 상상할 시간이 많았다. 나의 상상은 마담 배가 빌려준 한국에 관한 책들로 더욱 풍부하게 되어갔다. 목사의 부인이자 훌륭한 한국어 선생인 마담 배는 내가 태어나던 즈음에 쓰인 글이나 그 당시를 찍은 사진들, 영화, 녹화된 연속극 등, 종류를 막론하고 우리에게 조금이라도 연관이 있다고 생각하는 자료들을 찾아다 주었다. 나의 한 자아는 무덤덤한 반응을 선택했지만 누가 자신의 원천에 대해 궁금하지 않겠는가. 내게도 나만의 동영상이 있었다.

영상은 짧고 흐릿하다. 구체적이기에는 내가 나의 원천에 대해 아는 정보도 자료도 부족했다. 그 짧은 가상의 동영상의 주인공은 지금의 나보다 기껏해야 대여섯 살 더 많은 나이에 결혼했으리라고 추정되는 한 젊은 부부다. 나의 나이와 입양 서류에 적힌 그들의 탄생일을 나는 계산해본다. 나는 그들의 삶에 매일 조금씩 상상의 물을 준다. 한 남자와 한 여자의 삶이 자란다. 조금씩 자라는 듯하다가는 멈춘다. 한 부부의 삶은 제대로 자라지 못하고 매번 죽음으로 직진한다.

아주 가끔 나는 상상 속에서 블랙홀 여행을 떠나던 때 나를 사로잡은 고통을 가상적으로 체험하기도 했다. 전혀 기억이 남아 있지 않은 그 기이한 수면 상태에서 나는 나를 낳은 한 남자, 한 여자와 같이 있지 않았을까? 우리가 여전히 뜻을 모르고 있는 '오릭맨스티'라는 말을 내 입에 넣어준 이들도 그들이 아니었을까, 나는 자문한다. 그러나 이제는 블랙홀 여행의 특유한 통증은 더 이상 없다. 그 단어는 내 블랙홀 여행의 종착역의 이름이 되었다.

그 역에 다다르기 전, 나의 상상은 매우 상투적인 정보의 혼합이었다. 일테면 이런 것이다. 얼굴이 없는 한 여자가 아기를 안고 있다. 때로 그건 남자이기도 하다. 그 아기를 향해 눈물을 흘리는 청순한 표정의 한 여인의 얼굴이 있다. 그러나 한 번도 클로즈업될 수 없는 얼굴이다. 편집 중의 자료처럼 동영상은 수시로 바뀐다.

이번에는 아장아장 걷는 한 남자아이가 나타난다. 이제 겨우 걸음마를 떼는 어린 남자아이는 한쪽에는 아빠의 손을, 다른 한 손으로는 엄마의 손을 잡고 군중 속으로 들어간다. 아이는 두 사람의 손을 움켜쥐고, 사람들을 헤치며 앞으로 나아간다. 갑자기 텅 빈 광장이 나오고 그 한가운데 문이 서 있다. 엄마와 아빠는 숨바꼭질이라도 하는 것처럼 아이를 문 안으로 밀어 넣는다. 그 안에서 한 손이 나와 아이를 끌어당긴다. 행여나 아이가 잡힌 손을 뿌리치고 돌아 나올까 봐 광장에 서서 손을 흔드는 철없는 젊은 부부가 있다. 부부의 모습은 가련하고 가난하다. 그쪽으로 가려는 아이와 그걸 막는 사람 사이에서 사내아이는 그만 울음을 터뜨린다.

놀랄 만큼 신파조이고 상투적이다. 그렇지만 이건 그들이 어딘가 살아 있다고 가정한 나의 환상이었고 나의 꿈이었다. 아빠 서재에서 주워 읽은 입양 관련 서적이나 주위에서 주워 들은 얘기 덕분이다. 다행히 동영상은 좀더 현실적이 된다. 아이의 얼굴은 어둡고 두려움으로 동공이 크게 벌려져 있다. 이 새로운 동영상은 자주 나타나는 청순가련한 여인을 냉정하게 지우고 그 자리에 나이가 지긋이 든, 가끔 한국 관련 자료나 영상에 나오는 것처럼, 헐렁한 몸뻬를 입고 망연히, 무심히 서 있는 한 할머니를 집어넣는다. 그리고 갑자기 동영상은 꺼진다.

수신자들의 무응답에도 지치지 않고, 엄마는 참을성 있고도 침착하게 한국을 향해 편지를 날렸다. 편지가 되돌아오지 않으면 그건 좋은 징조였다. 누군가가 수신했다는 증거니까. 엄마는 거의 펜팔 수준으로 입양 기관의 한 직원과 편지와 이메일을 교류했다. 엄마가 편지를 마담 배에게 보내면, 마담 배는 한국의 정서에 맞게 그 편지 내용을 각색하거나 다듬어준다. 엄마보다 열 살이나 아래의 마담 배는 이제 엄마를 한국식으로 '언니'라고 부르고 엄마는 마담 배를 애칭으로 '뽀미'라고 불렀다. 키가 자그마하고 얼굴이 동그래 사과를 닮았다고 붙인 별명이다. 나는 마담 배의 요청대로 그녀를 한국말로 '이모'라고 부른다. 한국 쪽 침묵이 길어지는 사이 그렇게 해서 내게는 이모가 한 명 더 생겼다.

사 년째 접어든 엄마와 마담 배의 노력이 기관 사람들의 마음을 감동시켰는지, 그중 한 직원이 헌신적으로 우리를 돕기 시작했다. 바로 그 사람이 나의 부모에 대해, 아니 그보다는 나의 외조모에 대해 알고 있다는 사람에 대한 정보를 입수하게 되었다고 알려왔다. 이 젊은 여성은 그 오래전, 나의 입양을 맡았던, 이미 퇴직한 전 담당자를 찾아가 나의 케이스에 대해 조언을 구하는 열성을 보였다. 그 발걸음은 효과가 있었다. 왜냐하면 바로 그 사람을 통해 젊은 직원은 나를 낳은 부모가 사망한 해에 닥친 호우에 관한 보도 기사들을 뒤지게 되었고, 그중의 한 기사에 인용된 구조대원의 소재를 수소문하게 된 것이다. 젊은 직원은 그 기사를 복사해 보내왔다.

중부지방을 강타한 기록적인 집중호우와 강풍으로, 8월 ×일 J지역 계곡에서 야영 중이었던 한 쌍의 남녀가 차 안에 갇힌 채, 차량과 함께 추락사했다고 지역 경찰서는 발표했다. 사망한 박 모 씨(남, 31세)와 윤 모 씨(28세)는 부부 관계로 신원이 밝혀졌으며, 거의 사흘을 야영지의 텐트에 고립되어 사경을 헤매던 아들 박 모 군(2세)이 마침내 구조되어 현재 인근 병원에서 입원 가료 중이다. 이번 재난 후 많은 이의 관심의 초점이 된 박 모 군의 구조에 투입되었던 P 산악 구조대 소속 구조원 L씨(32세)는 "야영지의 절벽이 무너져 텐트에 접근하는 데 어려움이 있었으며, 질식사 직전에 발견된 아이를 인공호흡으로 응급처치한 후 병원으로 옮겼다"고 전했다. Y렌트카 회사 소속으로 밝혀진 사고 차량 안에서 발견된 사망자의 물품을 통해 경찰은 자연재해 외에 이들의 사망을 야기한 여타 원인이 있는지 조사 중이다.

이 기사에 관해 나는 마담 배의 번역을 원하지 않았다. 한국에서 온 첫 소식을 그동안 배워온 한국어 실력으로 내 스스로 읽고 싶었다. 내가 한국어로 읽은 첫 글은 그러니까 나를 낳은 부모의 사망 소식이 됐다. 내 나이 또래의 젊은 부모의 부음을 뒤늦게 받아든 듯한 야릇한 느낌으로 나는 기사를 번역했다. 기사를 복사한 종이 여백이 사전에서 찾은 모르는 단어 설명으로 까맣게 뒤덮인, 세상에서 하나밖에 없는 난해한 부고장. 부음을 통해 그들은 내게 구체적인 한 생을 산, 한 쌍의 젊은 남자와 젊은 여자로 다가왔다. 그들이 사고를 당한 곳은 어떤 곳일까. 그들을 가둔 차는 무슨 색의 어떤 차종이었을까. 이들은 어디 살다가 이곳으로 야영을 왔을까. 그들은 어떤 차림이었을까. 그들의 표정은 어땠을까. 차 안에서는 무슨 물건들이 나왔을까. 호우 속에 혼자 남은 텐트 속에서 어린아이는 무엇을 했을까, 그 아이는 얼마나 두려웠을까, 배고파 울었을까, 무서워 잠들었을까. 텐트 문을 열고 밖으로 나오려고 몸부림쳤을까……. 짧은 평면의 기사는 조금씩 부풀어 오르면서 체적을 가진 현실이 되어가고 있었다.

대답되지 않는 무수한 질문들이 고속으로 뇌리를 스치는 사이에 나는 거의 기계적으로 그만 정신을 놓아버리고 싶은 순간적인 충동을 느꼈다. 아주 오랜만에 나의 어린 시절을 성실히 동행했던 혼절의 전조 현상을 경험하고 소스라치게 놀랐다. 익숙한 북소리가 들려오고 맥박이 뛰며 무언가 뾰족한 것이 머리와 심장을 쪼아대고, 목이 조이는 듯한 호흡곤란……. 혼신을 다해 여러 사람이 두들겨대는 북소리를 닮은 가상의 소리는 서서히 팽팽히 당겨진 텐트 위에 퍼붓는 빗소리로 변모했다. 여느 집 지붕에 퍼붓는 빗소리나, 유리창을 두드리는 폭우 소리가 아니라, 버려진 텐트 위를 두들겨대는 호우의 지칠 줄 모르는 연속 타음. 통증은 심해지다가 마치 고열이 그렇듯이 서서히 잦아들면서 미약해지기 시작한다. 목의 조임이 풀리며 송곳 뾰족한 끝이 무디어지고, 가빠진 숨이 서서히 고른 호흡을 뱉어낸다. 이렇게 미약해지는 통증은 혼절로 이어지지 않았다. 몸의 통증은 조금씩 변모해, 혼자 그 긴 시간을 소리의 감옥에 갇혀 견뎌냈던 한 어린 소년을 향한, 그리고 어린아이를 버려두고 생이 무엇인지 채 알기도 전에 일찍 세상을 떠난 한 젊은 부부에 대한 연민의 아픔이 되었다. 나는 진정으로 한 젊은 남자와 한 젊은 여자의 때이른 죽음을 애도했다.

신문 기사에 등장하는 L씨의 존재로 인해 엄마와 마담 배는 한껏 고무되었다. 그로부터도 한참 시간이 지나 L씨와 연락이 닿았다는 입양 기관 여직원의 격양된 어조의 메일을 받았다.

'우리가 마침내 해냈어요!'

L씨와의 전화 통화 내용을 전하는 메일에서 우리는 놀라운 사실을 알게 되었다. 그것은 L씨가 나의 존재를 기억하고 있다는 것이다. 더 구체적인 설명을 요청하는 엄마의 메일에 직원은 간단한 답을 보내왔다.

이틀 반이나 홀로 고립되었던 두 살짜리 아이의 구조는 당시 모르는 사람이 없을 정도로 유명한 사건이었답니다. 유진 씨는 어려서 벌써 유명인이었네요 ^.^

이 문장에 숨어 있는 젊은 직원의 나에 대한 세심하고 사려 깊은 배려를 나는 아주 후에나 깨닫게 되었다. 우리에게 전달된 신문 기사와 달리, 나중에 내가 찾아낸 기사들은 그렇게 담담하지 않았다. 당시 이 사건을 보도한 대부분의 신문·잡지의 기사나 혹은 어렵사리 손에 넣은 몇몇 방송의 보도는, "아이를 버려"두고 "최고급 렌터카 안에서" 아마도 "정사 중 사고"를 당한 것으로 추정되는, "거의 전라로 발견된" 젊은 부부의 사망에 이르는 사고의 정황에 초점을 맞추어, 읽는 이의 심장이 무너져 내릴 정도로 적나라하고 원색적인 내용이 주조를 이루고 있었기 때문이다.

　나는 생전 처음 내 손으로 한국에 편지를 보냈다. 배우면 배울수록 점점 어려워지는 것만 같은 한국말로 나는 L씨에게, 직원이 알려준 지방의 주소지로 편지를 썼다. 오는 여름쯤에 한국을 방문할 예정인데, 나와 함께 사고의 현장을 방문해줄 수 있겠느냐는 부탁을 하기 위해서였다. 겨울이 끝난 초봄이었다. 그리고 봄이 다 지나가려는 즈음 나는 L씨의 답장을 받았다.

　"오세요. L."

　서명 밑에 적힌 전화번호가 비밀을 숨긴 암호라도 되는 것처럼 나는 그 번호를 단숨에 외워버렸다.

17

L씨를 만나는 것은 내 일이었다. 그러나 흥분한 엄마는 이
모, 그러니까 마담 배와 같이하겠다며 꿈에도 그리던 한국 여
행 계획을 진척시키고 있었다. 이미 사라진 지 상당 시간이
지난 나의 블랙홀 여행이 한국 방문이라는 예외적인 상황에
서 재발될지 모르니 나의 첫 여행에는 기필코 동행해야겠다
고 핑계를 대면서 말이다. 그러나 그 병의 수명이 다했다는
것은 엄마도 알고 땅도 알고 하늘도 아는 일이었다. 나는 배
낭을 메고 혼자 떠났다.

L씨가 사는 곳은 지방이라고는 하지만 서울터미널에서 버스로 한 시간 반 정도 걸리는 소도시였다. 내가 일찍 떠났기에 이른 시간에 도착했는데도 L씨는 나를 기다리고 있었다. 출근하는 사람들이 모여 있는 터미널에서 나는 왠지 그를 단번에 알아볼 것 같았지만 내가 엉뚱한 곳을 향해 두리번거리고 있는 사이 그가 내게로 다가왔다. 이곳에서는 지극히 평범해 보이는 외모에도 불구하고 나의 몸짓 어딘가에 배어 있는 이질적인 것이 그의 시선을 끌었을 것이다.

"유진 군 맞죠, 유진 뒤발 군이군요!"

그는 나이 든 사람이 젊은이를 바라볼 때 가끔 짓는 뿌듯해하는 시선으로 나를 아래위로 훑어보았다. 그는 미소를 거두지 않은 채로, 왼쪽 다리를 약간 절며 주차된 그의 차 쪽으로 앞서서 걸어갔다. L씨의 소형 트럭 옆 좌석에 앉아 나는 띄엄띄엄 이어지는 그의 얘기를 들었다. 그는 나를 배려해서인지 천천히 말하려고 애썼고 이따금 고개를 돌려 다 이해하고 있는지 확인하려는 듯 나를 바라보았다.

공무원으로서 또 산악 구조대원으로 일하던 그는 몇 년 전 구조 활동 중 사고로 다리를 다친 후 조기 퇴임했다. 현재는 비영리 구호단체에서 봉사자로 일하고 있던 중에 그가 속해 있던 산악 구조대를 통해 입양 기관의 연락을 받았다. 그는 생계를 위해서 도시 외곽 마을에 작은 민박집이자 찻집을 누이와 같이 경영하고 있다며 계곡으로 가자면 이르니 집에서 식사를 하고 떠나자고 했다.

트럭은 소나무 숲 근처에 아담하게 가꾸어진 한 이층 건물 앞에서 멈추었고, L씨가 누이동생이라고 소개한 중년 여인의 인사를 받으며 이층에 위치한 찻집 한편에 꾸민 그의 사무실로 들어갔다. 그는 미리 준비해둔 듯 서랍에서 작은 수첩을 꺼냈다.

"가만있자, 유진 군의…… 부모님, 그러니까 돌아가신 부모님 성함이 박서호, 윤향림 맞지요?"

그리고 잠시 뜸을 들인 후 말했다.

"아, 여기 아래에 유진 군 이름도 써놨어요. 박유진 2세, 이렇게요."

L씨는 오래된 수첩의 한 면을 손가락으로 누르며 내 쪽으로 내밀었다. 구조된 사람들의 이름과 구조 일시, 그리고 간단한 정황을 수첩에 적어두는 것은 구조대원으로서의 그의 직업적 습관이라고 했다. 그에게는 그가 산악 구조대원으로 일한 햇수만큼의 수첩이 있다고 했다.

그 앞에서 이상하게 나의 한국말은 내 마음처럼 유창하게 터져 나오지 않았다. 머릿속이 텅 비워지며 졸음이 몰려왔다.

어떤 고통도 전조도 없는 그 졸음은 우려할 것이 못 되었다. 종착지에 도착한 여행자를 사로잡는 존재의 이완이었다. 그대로 놔두면 한 반년은 자다가 일어날 것 같은 기분이었다.

"시차가 힘들죠? 원래 이틀째가 힘든 법이에요. 점심이 준비되려면 시간 좀 걸리니까 여기 소파에 기대 잠시 눈 좀 붙여요. 명색이 민박집이라 빈방도 있지만 거기 들어가면 그냥 자버릴 테니, 오늘 계곡까지 가기는 어렵겠지요?"

L씨의 목소리가 가물가물 멀어지면서 나는 잠으로 빠져들었다.

여러 마리의 개가 요란하게 짖는 소리에 나는 흰 종이처럼 깔끔하게 빈 수면에서 깨어났다. 컴퓨터 화면으로 바둑을 두던 L씨가, 깨어난 나의 기척에 돌아보며 말했다.

"많이 피곤했군요. 이제 식당으로 내려갑시다."

아래층의 식당 뒤쪽 유리문 밖에는 아닌 게 아니라, 각기 다른 종의 크고 늘씬한 개 네 마리가 L씨와 나를 향해 꼬리를 흔들고 있었다.

"내 애들이에요. 일생 장가도 못 들고 혼자 사니 친구들이 위로 차 주는 선물을 거절 못 해 네 마리나 됐어요. 식사 시간이 되면 한꺼번에 짖어서 손님들에게 식사 때를 알리는 게 이 민박집에서 저 애들이 맡은 일이랍니다. 사람을 얼마나 좋아하는지 그때 말고는 짖지도 않아요."

L씨의 누이동생이 차려준 채식 식사를 마치고 우리는 목적지를 향해 다시 트럭에 올랐다. L씨도 나도 말없이 앞만 바라보고 한 시간 남짓 달려 계곡으로 오르는 산 밑에 다다랐다. L씨는 시계를 봤다.

"딱 맞춰 왔군요. 오늘 날씨도 좋으니 계곡까지 오르면 낙조의 장관을 볼 수 있을 겁니다."

"낙조요?"

"미안, 미안, 해 질 때 풍경 말이에요. 떨어지는 새가 아니라…… 석양, 선셋!"

그는 쑥스러운지 혼자 웃었다. L씨는 트럭에서 랜턴을 두 개 꺼내 준비해온 큼직한 배낭에 넣었다.

"우리가 넋이 빠져 지체하면 내려올 때 곤란해요. 꼭 빨리 하산하기로 합시다."

예전에 차로 오를 수 있었던 이 길은 이제는 차량이 들어갈 수 없으니 걸어야 한다며 그는 성큼 앞서 산을 올랐다. 우리는 곧 깊은 숲으로 들어섰다. 다리를 절면서도 L씨는 일단 산속 길에서는 바람처럼 빨랐다. 어느새 저만치 올라가 기다리다가 내가 가까이 다가오면 다시 오르기를 반복했다. 계곡을 따라 난 산길이어서 여름비에 한껏 불어 떨어져 내리는 물소리에 귀가 얼얼해졌다. L씨는 꼭 축지법을 터득한 사람처럼 날렵하게 산길을 올라갔다. 한 시간 남짓 걸어 올라가니 나무들은 점점 더 빽빽해졌다. 오래전 재난 때 오르막 차로가 없어졌고, 몇 년 전 태풍으로 또 한 번의 큰 물난리를 치른 후 등산객들의 발걸음이 뜸해져 산 전체가 울창해졌다고 그는 덧붙였다. 길보다 더 가파른 계곡의 물소리로 어떤 연속적인 대화도 불가능했다.

얼마나 더 올라갔을까. 내가 가쁜 숨으로 그 뒤를 따르느라 기진맥진해 있는데, 저 위쪽에서 나를 부르는 목소리만 들려왔다. 그는 출입 금지 간판이 놓여 있는 지점 앞에 서 있었다. 금지 표시가 없어도 어차피 침투가 불가능해 보이는 조밀한 숲이었다. L씨는 조심스럽게 표지판 옆으로 해서 길 없는 숲으로 들어가며 나더러 따라오라고 손짓했다. 일단 안으로 들어가니 나무 사이로 길의 흔적이 흐릿하게 나 있었다. 그 흔적을 따라 나는 조심스럽게 L씨 뒤를 따라 숲 속으로 들어갔다.

그리고 갑자기 산이 뻥 뚫린 것처럼 숲 한가운데서 거두절미하고 절벽의 풍경이 눈앞에 나타났다. 무너진 절벽 주위로는 겨우 두 사람 정도가 지나갈 수 있는 길을 둘러 난간이 쳐져 있었다. 계곡 한중간에 이렇게 멀리 겹겹 산등성이를 드러

내며 열린 전망이 있다는 것이 놀라웠다. 난간을 잡고 조심스럽게 건너 L씨와 나는 작은 조각 평지에 다다랐다. 저 아래의 계곡 물살은 각별히 거세게 달려드는 느낌이었다. 그 부분에서 갑자기 꺾이는 산세로 인해 더 깊어 보이는 절벽과, 건너편 숲 너머로 광대하게 펼쳐진 능선은 내게 순간적으로 두려움을 주었다. 여름의 찌는 더위도 이곳은 피해 가는 듯 간간이 찬 기운 섞인 바람이 계곡을 아래서부터 위로 훑고 지나갔다. L씨는 배낭에서 작은 낚시 의자 두 개와 앙증맞게 작은 버너와 코펠을 꺼냈다. L씨의 배낭에 달려 있어 안내 사인처럼 내가 내내 바라보고 올라온 빨간색 물병을 빼서 코펠 안에 부으며 말했다.

"차 한잔 마시고 곧 내려가는 겁니다."

이 아름답고도 무서운 계곡, 이십 년 전 여름, 수마가 훑고 지나간 이 계곡에서 나는 혼자 살아남았다. 정확하게 내가 앉아 있는 이곳 어디쯤에서.

물이 끓기를 기다리며 L씨가 말했다

"산에서는 이따금 이상한 일들이 일어나요. 내 기억이 옳다면 이쪽 지반이 약한 흙 위에 텐트가 쳐 있었고, 저 앞쪽 무너진 바위가 있었던 곳에 문제의 자동차가 세워져 있었겠지요. 그 바위 주변도 지반이 단단한 곳이에요. 그런데 바위는 무너졌고 텐트 자리는 지금까지 이렇게 그대로 있잖아요. 상식적으로도 과학적으로도 설명할 수 없는 일들이 자연에서는 일어납니다."

L씨가 건네준 뜨거운 차가 몸 안으로 흘러들어가는데도 내 몸속으로 차가운 경련이 지나간다. 짙은 녹색의 여름 산에 서서히 푸른 기운이 감돌면서 해는 기울어가기 시작한다. 저 멀리 산허리에는 안개 층인지 낮게 드리워진 구름인지 구분이 가지 않는 흰 띠가 둘러쳐져 있다. 시간의 변덕스러운 부침에서 벗어난 무시간적인, 그보다는 시간 이전의 원시를 닮은 풍경이 눈앞에 펼쳐지기 시작했다.

"석양의 구름을 잘 보면 미래가 보입니다."

"그분들도 이 석양을 보았겠지요?"

"그랬겠지요. 어느 하루도 같지 않지만, 이 계곡 줄기는 모두 석양이 아름답기로 유명하니까요. 그래서 이곳을 야영지로 택했을 겁니다."

"제가 그분들과 그러니까 '우리'가 같이 본 것이 하나 생겼네요."

"사실 저 안쪽으로 한 모퉁이만 돌면 더 멋지고 더 안전한 데다 경치도 더 장관인 곳이 있는데, 일반 사람이 가기는 힘들어요. 그래도 한 모퉁이만 더 돌아 텐트를 쳤으면 좋았으련만……."

"이곳에 와서 보니 정말 제가 살아남았다는 것이 실감이 나네요. 왜 저 혼자만 살아남았는지가 늘 궁금했어요."

"두 분 중의 누군가가, 아니면 두 분 모두 유진 군을 살려달라고 간구했겠지요."

"거의 비명이었겠지요."

"마지막 순간의 절박한 간구를 하늘은 더 잘 들어준다고 하잖아요."

"응답이 있어 제가 살아남았으니, 간구한 사람이 버림받지는 않았겠지요?"

"잘은 모르지만, 그게 순리겠지요."

"그러면…… 언젠가 그들을 다시 만날 수 있는 기회가 남아 있군요."

"그렇군요. 언젠가 재회를 기대해볼 수 있겠죠. 자, 한 잔 더 받아요."

L씨는 코펠에 남은 차를 넘치도록 내 잔에 붓는다. 눈을 들자 순식간에 시야 가득 불타는 주황색이 하늘을 가득 채운다. L씨와 나는 이 무언의 드라마 앞에서 마침내 침묵했다. 주황색의 하늘에 누군가 짙푸른 물감을 점점이 뿌려놓는다. 두 색은 뒤섞여 엉키며 하늘로 치솟아 올라간다. 벌써 조금 전보다

조도가 일이 도 낮아진 대기 속에서 L씨가 낮게 휘파람을 불며 가방을 챙기기 시작한다. L씨가 부어준 차를 마지막 한 방울까지 마시고 나자 뜨거운 열기가 몸에 가득 들어찬다. 심호흡으로 넘치는 열기를 내뱉으며 이제는 익숙하게 되어 궁글어진 소리를 부드럽게 발음해본다. 오릭맨스티. L씨의 휘파람 소리에 하늘의 석양 그림이 한층 더 깊어진다.

작가의 말

　자그마한 안식처가 있다. 그곳은 참 무던하게도 나를 잘 받아준다. 무거워진 머리를 이고 비틀거리며 가서 한 이틀 자고 오면 나는 어느새 멀쩡해져 있다. 문젯거리가 있으면 일단 그곳에 가고 본다. 가만히 앉아 있노라면 그것이 조그맣게 줄어들며 나는 더 광대하고 더 평안한 세계를 꿈꾸게 된다. 눈에도 보이지 않는 작은 틈으로 들어와 어느 새 널브러져 죽어 있는 무수한 종류의 날벌레와도 친해야 하고 언제 구멍을 뚫었는지 딱따구리가 천정과 지붕 사이에 새끼도 낳아놓는다. 맡겨진 여러 의무가 아직 끝나지 않아 부산스러운 나의 삶으로 인해 그곳을 늘 그리워하면서도 자주 갈 수가 없다. 때로 빈집에는 다람쥐나 새들이 들어와 여기저기에 흔적을 남기고 간다. 이렇게 쓰면 매우 자연친화적으로 들리지만 사실 그곳에 쉬러 가는 사람에게는 고역의 시작이다. 집을 치워야 하고 약을 피워 동물을 쫓아야 하며 손재주 좋은 분에게 부탁해 구멍을 메꿔야 한다. 끝도 없이. 우리네 삶이 그렇듯이.

이 구차한 흙집을 내가 떠나지 못하는 것은 그곳에서 하루 종일 기다려 만나는 석양의 풍요 때문이다. 『오릭맨스티』는, 이제는 꽤 오랜 시간 깊게 친하게 된 그곳의 석양에서 영감을 얻은 것이다. 석양이 그려내는 풍경은 황홀하게 아름답다. 그 풍경이 그려지는 곳은 아주 멀고 광대하며 우리에게 다른 차원의 시간의 경지를 언뜻 맛보게 한다. 그런 식으로 석양은 인간에게 기도를 가르쳐주기도 한다.

대기가 맑은 날 석양은 하루에 한두 시간 정도 지속된다. 황혼이 시작되기 전의 빛의 축제에서, 그 빛이 어둠에 스러지는 그 짧은 시간. 꼭 그 시간 동안만 썼던 것 같다.

여전히 현재형인 한 젊은 여자와 남자의 구차한 욕망에 대한 연민, 그들의 삶을 내리 누르는 수면 상태처럼 어떤 방법으로도 깨어나지 않는 어쩌면 이미 퇴화해버린 영혼의 감각, 기능을 잃은 말에 대한 슬픔…… 이런 것들이 『오릭맨스티』

를 쓰는 내내 그늘이 되어 따라다녔다. 그 그늘에서 벗어나기 위해 하루 중 가장 농밀한 빛을 빚는 석양의 붉고도 푸른 빛의 수혈이 내게는 절대적으로 필요했다.

시간은 길게 보면 궁극적으로 정화적인 기능이 있다. 한 사람의 삶을 자세히 들여다보면 우리의 상식과 우리의 일상 속에 문화의 이름으로 자리 잡은 반생명적이며 비본질적인 것들은 결국은 부차적인 것이 된다. 그것이 생명의 엄연한 질서다. 그러나 그 질서에 이르기 전에는 고통도 있고 죽음 같은 단절도 있으며 삶의 어떤 부분이 파괴된다. 그리고 언어가 있다. 언어의 확장된 기능을 통해 때로 정화도 일어나고 회복도 가능하다. 언어가 질서이며 생명을 가진 호흡이기 때문이다. 『오릭맨스티』는 그런 언어를 경험하면서 또한 갈망하면서 씌어졌다.

작품을 연재할 때부터 책이 출간될 때까지 정성으로 격려해준 친지들과, 출간 과정을 꼼꼼하고도 따뜻하게 진행해주신 『자음과모음』의 모든 분들에게 감사의 마음을 전한다.

최 윤

서울의 낮은 언덕들 | 배수아 장편소설

낭송극 전문 무대 배우 '경희'가 고향을 떠나 먼 나라 낯선 도시와 낯선 사람들을 차례로 방문하는 혼란과 매혹의 여정. 소설과 에세이의 경계를 무너뜨리는 배수아 특유의 작품세계를 만날 수 있다.

당신의 몬스터 | 서유미 장편소설

"너의 소원을 말해봐" 모든 것이 절망으로 변하는 순간, 시작되는 달콤한 유혹! 걷잡을 수 없는 욕망의 늪에 빠져 추락하는 사람들의 이야기가 매력적으로 펼쳐진다.

프랑켄슈타인 가족 | 강지영 장편소설

오만과 편견으로 직조된 단단한 갑옷 같은 세상, 마음의 병을 치료해주던 정신과 전문의 김 박사가 사라졌다!
세균강박증, 다중인격장애, 섭식장애, 목욕탕 공포증, 홀수 트라우마, 과대망상증에 시달리는 '아주 특별한' 사람들의 '아주 특별한' 상처 극복법

동주 | 구효서 장편소설

"자신의 뜻과 상관없이 민족 저항 시인이 된 윤동주, 그것이 그를 죽게 한 이유다!" 모국어를 잃어버린 두 남녀를 통해 새롭게 밝혀지는 윤동주의 삶과 문학, 그리고 죽음.

하우스 메이트 | 표명희 소설집

우리 사회의 마이너리티에 대한 예민한 시선을 토대로 독특한 리얼리즘을 보여온 작가 표명희의 두번째 소설집. 일상 속의 숨겨진 환상성을 끄집어내는 작가 특유의 필치로 그려낸 성스럽고 비천한 나와 내 이웃들의 모습을 담은 8편의 이야기.

고의는 아니지만 | 구병모 소설집

데뷔작이 베스트셀러가 된, 소설가로서는 흔치 않은 이력을 가진 구병모의 첫 소설집. 『위저드 베이커리』, 『아가미』 등 전작에서도 확인한 바 있는 독특한 상상력과 매력적인 서사, 현실과 환상성을 절묘하게 배합해내는 구병모 특유의 화법을 맛볼 수 있다.

환영 | 김이설 장편소설

자의든 타의든 삶의 벼랑 끝에 내몰려 가족을 위해 자신을 희생하고 타락시켜야만 했던 여자, 윤영. 그녀의 모습을 통해 불공평한 현대사회의 이면을 탄탄하고도 긴장감 넘치는 문체로 재현함으로써 우리가 눈감고 싶은 불편한 현실을 강렬하게 그려냈다.

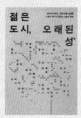

젊은 도시, 오래된 성(性)

| 이승우, 김연수, 정이현, 김애란 외

같은 시간, 다른 공간에서 탄생한 '도시'와 '성(性)'에 관한 이야기! 국내 최초로 시도되는 한중일 문학 교류 프로젝트의 첫번째 결실로, 3국의 작가들이 각각 다른 소재와 서사와 문체로 공통의 주제인 '도시'와 '성'을 말한다.

아가미 | 구병모 장편소설

죽음과 맞닥뜨린 순간, 생을 향한 몸부림으로 아가미를 갖게 된 남자와 그를 사랑한 이들의 가혹한 운명을 그린 소설. 작가 특유의 상상력과 개성 넘치는 서사로 절망적인 현실을 판타지적 요소로 반전시킨 참혹하면서도 아름답기 그지없는 작품이다.

일곱 개의 고양이 눈 | 최제훈 장편소설

무한대로 뻗어가지만 결코 반복되지 않는, 단 한 편의 완벽한 미스터리를 꿈꾸다! 하나의 코드 혹은 전체의 서사를 엮어 계속해서 생성되고 소멸되는 이야기의 향연. 출구를 찾을 수 없는 미로 같은 이번 작품은 작가의 무한한 상상력의 결정판이다.

라이팅 클럽 | 강영숙 장편소설

글쓰기를 빼놓고는 그 삶을 상상조차 할 수 없는 두 여자, 평생 '작가 지망생'으로 살아온 싱글맘 김 작가와 그녀의 딸 영인. 글쓰기란 삶 전체를 대가로 하는 모험일 수밖에 없다는 것을 온몸으로 증명하는 이 두 여자의 이야기다.

비즈니스 | 박범신 장편소설

국내 최초 한 · 중 동시 연재, 동시 출간! 천민자본주의의 비정한 생리에 일상과 내면이 파괴되어가는 사람들의 풍경을 서늘한 만큼 날카로우면서도 가슴 저리게 그려낸 박범신의 새 장편소설.

브로콜리 평원의 혈투 | 듀나 소설집

흡입력 있는 소설을 쓰는 작가, 듀나의 소설집. 판타스틱하면서도 괴기스럽고, 때로는 당혹스럽기까지 한 거대 우주 프로젝트들, 시공간을 초월한 음모와 비밀들이 거침없이 펼쳐진다.

소현 | 김인숙 장편소설

소현세자의 숨 막히는 운명과 대격변의 정점에 놓여 있던 조선의 얼굴을 장대하면서도 섬세하게 그린 소설. 청나라가 명나라와의 전쟁에서 승리를 거두고 중국 대륙을 제패하던 시점, 소현세자가 볼모 생활을 마치고 환국하던 1645년 전후의 이야기를 담고 있다.

A | 하성란 장편소설

전대미문의 참사 '오대양 사건'을 모티프 삼아, 한 시멘트 공장에서 일어난 의문의 집단 자살을 그렸다. 작가는 소설 속 인물들이, 그리고 소설 밖 우리들이 벼랑 끝에 서 있음을 가감 없이 보여준다.

4월의 물고기 | 권지예 장편소설

"얼마나 더 사랑할 수 있을까?" 천사와 악마를 동시에 사랑한 한 여자의 애절한 사랑. 선과 악이 얽힌 인간의 양면적 본성을 파헤치며 엉킨 실타래처럼 복잡한 사랑의 내면을 조심스럽게 들춰낸다.

오릭맨스티

© 최윤, 2011

초판 1쇄 인쇄 2011년 12월 15일
초판 1쇄 발행 2011년 12월 23일

지은이   최윤
펴낸이   강병철
주간   정은영
편집   임자영 황여정
제작   고성은 박이수
영업부   조광진 장성준 강승덕
마케팅   박제연 전소연
E-사업부   정의범 한설희 이혜미

펴낸곳   자음과모음
출판등록   2001년 5월 8일 제20-222호
주소   121-753 서울시 마포구 동교동 165-1 미래프라자빌딩 7층
전화   편집부 02) 324-2347 경영지원부 02) 325-6047
팩스   편집부 02) 324-2348 경영지원부 02) 2648-1311
이메일   munhak@jamobook.com
홈페이지   www.jamo21.net

ISBN 978-89-5707-616-3 (03810)